조선혁명군 총사령관

양 세 봉

김 유 著

조선혁명군 총사령관 양세봉 장군

1920년대 만주 지역 독립운동 단체 위치도

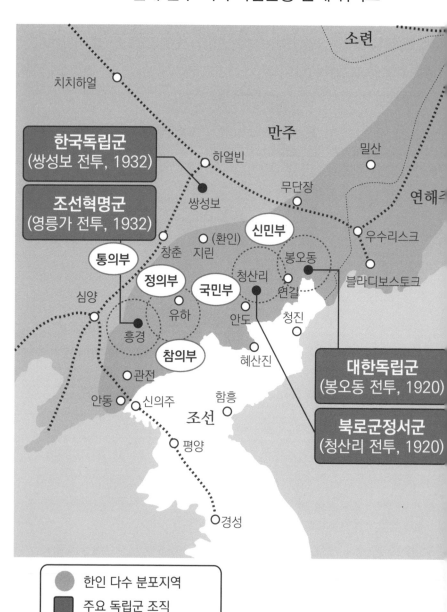

조선혁명군 총사령관

양세봉

김 유 著

남북한 양쪽에서 추앙받는 독립투사

연전에 나는 연길의 한 북한 음식점에서 식당의 종업원들이 양세봉 장군을 이야기하는 것을 듣고 놀랐었다. 양 장군이 김일성의 아버지인 김형직의 의형제이니 오죽할까 생각하였지만, 보통의 알려진 지식과는 어느 정도 거리가 있었다. 그들은 양세봉 장군을 말함에 있어 김형직의 형이 아닌 동생으로 알고 있었으며 반드시 김일성이 나오고 그가 조직했다는 조선인민혁명군과 백두산 밀영이 나왔다. 사실 김일성이 독립운동을 했다는 것은 사실이지만 1932년부터의 극히 일부분에 지나지 않는다. 정작 중요한 것은 식당의 종업원들마저도 양세봉 장군을 알고 있으며 기리고 있었다는 사실이다.

며칠 후 상해를 거쳐 광저우에 내려온 나는 들르는 한국 식당마다 양세봉 장군을 물어 보았으나 모두가 멋쩍은 웃음을 지으면서 모른다고 할 뿐이었다. 심지어 국가의 혜택을 입었다는 사람들도 마찬가지였다. 이들이 이럴진데 다른 사람들에게 더 물어보아 무엇하랴……. 먼저 이 분을 알려야 한다는 그것이 내가 펜을 든 직접적인 이유가 되었다.

북한은 김일성을 우상화하기 위하여 양세봉 장군을 의도적으로 가로채고 축소한 면이 있다. 우리는 그를 제대로 알아야 한다.

양세봉, 그는 1930년대에 한중연합 또한 이루었으니 지금 말하는 한중수교의 물꼬를 최초로 마련한 사람도 그일 것이다. 북한은 그의 유해를 1961년에 평양으로 가져갔으며 남한은 1974년 그의 가묘를 국립현충원에 설치하였다. 따라서 양세봉은 남과 북 모두에 묘소가 있다. 곧 통일의 상징 인물이기도 한 것이다.

말하듯이 양세봉은 우리와 북한, 중국의 3국 모두에 이념을 달리함에도 동상이 있다. 또한 자유시 참변을 겪으면서도 독립투쟁의 맥을 이은 장본인이다. 자유시 참변 이후의 1920년대 민족세력은 통의부, 참의부, 정의부, 신민부를 결성하는 등 분열되었으나 1929년 '국민부'로 통합되고 국민부의 무력 조직인 '조선혁명군'이 창군되었다. 양세봉은 '조선혁명군'의 사령관이다.

봉오동전투와 청산리전투가 일회성 싸움이었다면 양세봉 장군은 영토를 확보하고 그 근거지에서 계속하여 일제에 저항한 독립투사였다. 개인적인 생각이지만 '조선혁명군'은 1938년 우한[武漢]에서 결성된 '조선의용대'의 발판이 되었다고 여기고 있다. 우리가 봉오동 그리고 청산리전투의 승리에만 너무 초점을 맞추다보니 상대적으로 '조선혁명군'이 이룩하였던 눈부신 성과가 가려진 점이 적지 않다는 것이 나의 생각이다.

평양에 있는 양세봉 장군의 묘에 가보면 그가 이끌었던 '조선혁명군'이라는 말은 한 마디도 없고 '독립군 사령관'이라고만 적혀 있다. 대신 김일성의 회고록을 보면 듣도 보도 못한 '조선인민혁명군'이 '조선혁명군' 대신 존재한다. 양세봉 장군의 독립운동을 자기 자신이 한 것으로 하였다. '조선혁명군'은 역사 속에서 사라지고 만 것이다.

양세봉은 김일성의 아버지인 김형직과 형제의 의를 맺은 사람이다. 김일성은 1912년생이니 그에게는 조카뻘뿐 아니라 독립운동사에 있어서도 까마득한 후배가 된다. 김형직이 죽자 김일성이 '조선혁명군'에 입대하거나 별동대에라도 참여하기 위해 1932년에 양 장군을 찾아온 것은 사실이다. 당시의 시대적 상황으로 보면 김일성과 함께한 병사들은 스무 명 남짓하였을 것이고, 새 군복을 입고 당당한 모습은커녕 무기도 없고 입은 옷도 변변치 않은, 시쳇말로 비적 떼와 다름이 없었을 것이다. 실제로 여기에 대해서는 양세봉 장군 대신 김일성을 만나고 그의 입대를 거절하였던 백파 김학규 선생의 증언도 있다. 그리고 양 장군이 눈을 감으면서 남겼다는, 대원들에게 그(김일성)를 찾아 가라고 했다는 말은 사실이 아니며, 양 장군의 사후 김일성이 '조선혁명군'을 이끌었다는 사실은 어디에도 없다.

해방 후 친일파들을 정리하지 못하고 보니 독립투쟁 역사의 한 토막에 지나지 않는 활동을 한 김일성이 전체를 다 한 것처럼 멋대로 역사를 왜곡하도록 무대를 제공한 꼴이 되고 말았다. 사실 그가 독립운동이라고 투쟁을 한 것은 1932년부터 1940년까지 8년간의 일에 지나지 않으며 그나마 대부분은 중국공산당원으로서 붉은 중국을 위해 일한 것에 지나지 않는다. 그래서 그의 투쟁의 역사에 보천보 전투와 백두산 밀영을 중요시 하고 있으며 조선인민혁명군을 내세우고 있다. 그렇지 않는다면 조국 독립을 위해 괄목할 만한 일을 한 적이 없기 때문이다.

국립묘지에 있는 양세봉 장군의 가묘에 가 보면 장군의 출생 년월일은 1896년 6월 5일이라고 되어 있고 서거하신 것은 1934년 8월 12

일이라고 쓰여 있다. 당시 나이가 41세라고 되어 있으니 말 그대로 하면 출생년은 1894년이다. 따라서 그의 출생년에 대해서는 1894년생과 1896년생 두 가지가 있다. 서거일은 분명히 추석 전이니 상황을 앞뒤로 짚어보면 둘 다 음력으로 쓰인 것을 알 수 있다. 양력이 통용되는 세상에 한 마디라도 이것들은 모두 음력으로 쓰였다고 부언했었더라면 얼마나 좋았겠는가.[1] 그러나 가장 황당한 것은 돌아가신 장소와 사망경위를 설명하는데 "중국 택랍지구에서 총살"이라고 되어 있다는 것이다. 장군의 사망 장소로 쓰여진 '택랍지구'란 어디인가? 장군이 순국한 곳은 '소황구'이다. 무엇보다도 우리를 아연케 하는 것은 사망경위에 관한 설명이다. 악인이나 적군을 처형할 때 쓰는 '총살'이라는 말을 사용한다. 장군이 무슨 큰 죄를 저지른 죄인이고 장군을 살해한 일본은 옳은 일을 했단 말인가?

따라서 장군의 출생년도나 사망일시에 대해서 여러 설이 있는데 다음과 같이 정리하고자 한다.

1. 장군의 출생 연도는 1896년과 1894년의 두 가지 설이 있는데 여러 가지 정황을 고려하여 여기서는 1894년으로 한다.

김일성 회고록을 보면 장군은 1896년 출생이라고 하여 범국가적 차원에서 김일성의 아버지를 형으로 모신 것으로 되어 있으나, 장군은 김일성의 부친인 김형직의 아우가 아닌 형이다.[2]

---

1) 『조선혁명군 총사령관 양세봉』(조문기 지음) p.298 순국할 때 나이는 41살이라고 쓰여 있다.
2) 김형직, 북한의 통치자 김일성의 아버지. 음력 1894년 7월 10일에 태어났다. 양력으로는 8월 10일.

2. 돌아가신 날짜는 총에 맞은 후 이틀째 오후 1시경이 아닌, 바로 다음날 새벽에 숨을 거두었다는 것이다.

독립운동사를 공부하다보면 항시 자료부족에 허덕이게 된다. 그것은 지사들 모두 '은폐'를 원칙으로 하였기 때문이다. 그러다보니 우리들 안에서도 입장에 따라 다른 목소리가 나오게 된다.

역사에는 잘 알려지지 않았으나 중요한 장면들이 있기 마련이다. 그 장면들을 햇볕에 나오게 하는 것이 후손의 도리가 아닐까. 따라서 끊임없는 관심이 필요할 것이다. 특히 문학하는 사람에게는 역경 속의 희망, 절대 진리가 필요하지 않겠는가.

양세봉의 가난, 소작농의 삶, 나아가서 이룩한 한중합작과 전투에서의 승리, 마지막으로 순국하는 자세는 우리를 감동하게 한다. 농민 출신 하급병사로 시작하여 총사령에 이르고 수십 차례의 전투를 승리로 이끈 사람은 양세봉이 유일하다. 그러나 그는 죽어 없어졌으며 그가 남긴 공적은 무주공산으로 남았다. 이는 김일성이 그의 업적을 가로채고 싶어 하는 이유가 될 것이다. '조선인민혁명군'이라는 듣도 보도 못한 부대를 만들어내는 까닭도 여기 있는 것이 아닐까.

2023년 12월
김 유

언젠가는 역사의 재평가가 이루어지길

인연, 인고와 역사는 이 책이 나오게 된 연유를 이야기 하는 「화두 (話頭)」일 것이다. 2015년부터 순국선열추모전을 열고 역사기행을 하며 순국선열의 발자취를 따라가며 사진과 글, 순국선열 희생의 역사를 신문에 기고하던 길에서 알게 된 분이 김유 작가이다. 인연은 이어지고 깊은 대화를 나누면서 작가와 나는 오래전 떨어졌던 벗의 만남이 아니라 꼭 만나야 할 운명이었고 뜻도 하나였고 해야 할 일, 함께 걸어가야 할 역사의 길이 있다는 것을 직감으로 알게 되었다.

그 후 기회가 되면 추모전과 역사기행을 동행했고 항일투쟁의 전과, 독립운동사적 위치 그리고 평화와 통일의 아이콘으로 모든 것을 갖춘 양세봉 장군의 삶을 조명해 보고자 한다며 더 깊게 살피며 각고의 노력을 기울였다.

와중에 건강상으로 뜻하지 않는 삶을 살면서도 남과 북이 모두 순국애국열사로 모시고 있는 양세봉 장군의 삶에 대한 부족한 자료와 독립운동사에 대한 흐트러진 사료를 모아 새로운 역사적 사실을 밝히는 책을 세상에 내놓은 것은 실로 소중한 작업이라 생각한다. 그 이유는 책 속 곳곳에서 참된 역사적 사실을 이야기하고 있기 때문이다. 우리는 이 책을 통해 1920년 이후 단절되었던 독립운동이 어떻게 이어지고 전개되었는지 알 수 있다. 또한 김일성의 독립운동이 어떻게 채색되고 우상화되었는지에 대한 생생한 역사적 사실을 담고도 있다.

양세봉 장군의 가치는 중국에서도 기록하고 기념하고 있다는 것이다. 그는 공산주의를 철저히 배격하였음에도 중국은 그의 역사적 격전지를 항일독립운동의 유적지로 만들어 그의 정신을 배우고 있는 것이다. 그것을 증명해주는 장소로, 중국 요녕성 성도인 심양에 〈9·18역사박물관〉이 있다. 1931년 9·18사변은 분명 중국이나 양세봉 장군에게는 커다란 사건이었다. 이 기념관에는 양세봉 장군의 항일투쟁 업적을 기록하고 있다.

책 속 곳곳에는 효와 나라사랑, 지속적인 독서와 병사들과 동고동락하며 정으로 감싸 안으려 한 양세봉 장군의 따뜻한 마음이 배어 있다. 또한 양세봉 장군만큼 중·조민족의 협력을 중시하고 한 지역에 뿌리를 내리고 장기간 투쟁한 장군은 없었다는 필자의 평가에 깊게 공감했다.

이 책은 〈조선혁명군〉의 시작과 마지막, 그리고 그 이후에 참여했던 인물의 삶도 기록하고 있다. 그리고 필자는 조선혁명군 이후에 만들어진 〈조선의용군〉 인물과의 연관성을 이야기하고 있다. 장군의 출생년도를 역사의 소용돌이가 불어 닥친 1894년으로 사료적 근거와 가족관계를 통해 밝히고 있으며, 그 후 벌어진 역사의 사건이 어떤 영향을 주었는지는 참 흥미로웠다.

이 책에는 눈물겨운 가족사와 함께했던 동지들의 삶, 철저한 반공주의자 양세봉 장군이 민족정신에 눈뜨고 중국공산당 세력과 연합해야 하는 시대적 대세도 다루고 있다. 이는 참역사를 기록으로 남겨 언젠가 역사의 재평가가 이루어져야 한다는 필자의 생각이 들어갔다고 보았다.

그리고 장군과 인연을 맺은 안중근, 김좌진, 이상룡, 이회영, 오동진, 손정도 등 독립운동가들과 그 시대에 어떤 상황에서 어떤 만남이 이어졌는지에 대한 이야기를 통해 우리가 알았던 애국지사의 삶도 다른 측면에서 다시금 엿볼 수 있는 가치도 함께 제공하고 있다.

더 중요한 것은 '봉오동전투'와 '청산리전투' 이후 '자유시 참변'을 통해 우리 독립항쟁이 긴 침묵에 들어갔다는 역사는 다시금 써져야 한다는 것이다. 저자가 말한 대로 자유시 참변 이후에 독립운동은 더욱더 단결된 모습을 보여주었기 때문이다. 양세봉 장군의 〈조선혁명군〉 전과가 "1929년에서 1934년 그가 순국할 때까지 5년 동안 일본군과 만주국 군경과 80여 회 전투, 사살한 일본군이 1000여 명"이라는 사실과 조선시대의 의병과 같은 수많은 항일투쟁의 역사가 이를 말해주고 있기 때문이다.

백범 김구의 제의를 거절하고 동북에 남아서 계속 투쟁을 전개했던 역사적 사실은 〈조선혁명군〉의 역사적 당위성과 가치를 높이는 일이라 생각한다. 이후, 필자가 주장한 일들이 더 역사적 사실로 증명되고 연구와 논의가 더 이루어진다면 많은 의의가 있을 것이다.

나아가 점점 냉각으로 흐르고 있는 한반도의 새로운 돌파구를 위한 단서도 제공하고 있다고 보았다. 중국과의 새로운 관계 정립에 있어 다시금 평화와 상생의 마중물로 기여할 수 있다고 생각한다.

남과 북에서 순국선열로 받들고 있는 양세봉 장군에 관한 책『조선혁명군 총사령관 양세봉』출판을 통해 다시금 올바른 역사 바로세우기와 78년간 민족의 소원인 화해, 새광복, 평화와 통일을 조금이나마 앞당길 수 있는 역사적 자각의 단서가 되기를 진정 바란다.

순국선열 글로벌네트워크
대표 한백 고명주

제1부 총사령으로 부임하다

제2부 탕쥐우의 요녕민중자위군 성립, 그리고 다시 연합

제3부 만주와 국내에서 항일투쟁

제4부 조선혁명군, 다시 일어서다

제5부 출생과 소년 시절

제6부 중국으로 이주, 독립군이 되다

제7부 국민부, 조선혁명군 설립

제8부 1934년

| 에필로그 |

| 부록 |

제1부

총사령으로 부임하다

제1부 총사령으로 부임하다

1) 사령관 취임과 요녕농민자위단 성립

만세운동이 기미년이었으니 그 후로 '통의부' '참의부'를 거쳐 '정의부' 그리고 지금 '국민부'의 '조선혁명군'까지 양세봉은 계속하여 독립군 생활을 해왔다. 그동안 그는 한 번도 총을 손에서 놓아본 적이 없었다. '국민부' 주요 인사들이 1931년 12월 흥경현 하북 교외 서세명 집에서 회의를 갖던 중 밀정의 신고로 일본 헌병대의 습격을 받아 체포되었다. 고위간부들을 잃은 '국민부'는 해산될 위기에 처하였으나 비상대책회의를 열어 양기하를 '국민부' 위원장으로 새로 선출하고 부사령이었던 양세봉을 '조선혁명군' 총사령관으로 임명하였다.

양세봉은 1934년 전사할 때까지 항일 무장투쟁을 앞세우고 침략자 일본과의 투쟁을 선명히 하였다. 그의 사후 부하들도 양세봉의 넋을 받들어 침략자 일본과 싸웠다. 그들은 영토(嶺土) 개념 없이 싸우고 나면 흩어지는 민병대 게릴라와 달리 십 년 이상 근거지와 본영을 두고 저항하였다. '조선혁명군'은 점령한 영릉가 지역을 다스렸고, 당시 시대 상황에 부응하여 조선인들만 항일운동을 한

양기하

박대호

다는 민족주의 시각에서 벗어나 최초로 중국 인민과 합작을 이루어냈다. 이것은 1930년대 항일 무장투쟁이 보다 조직적으로 진화하였음을 보여준다.

1931년 9·18 만주사변 이후 민족정신에 눈뜬 중국 인민이 왕청문 부근 협화 북쪽에서 '요녕농민자위단'을 결성하였다. 주동자는 양세봉의 오랜 친구 왕동헌이었다. '조선혁명군'에게 왕동헌의 거병은 반가운 소식이었다. 왕동헌같이 명망 있는 인물이 군사를 일으키자 산악에 있는 비적들도 그와 함께 싸우기를 원하였다. 그러나 그들 대부분은 농민이나 민병(民兵)으로 마음만 앞설 뿐 무기를 다루는 법이나 군사 지식이 없었다. 양세봉은 왕동헌의 요청을 받아 '요녕농민자위단'에 '조선혁명군' 교관을 파견하여 병사들을 훈련시켰다. 그러는 동안 양세봉은 '조선혁명당'과 '국민부' 수뇌회담을 소집하여 당과 군(軍)의 목표가 일본 제국주의 소멸이며, 우리의 영토와 주권을 회복하고 평등을 기초로 하는 민주공화정 설립에 있다는 것을 다시 확인하였다. '조선혁명군'은 김학규를 참모장으로 임명하고 병력을 박대호, 한검추, 조화선, 최윤구, 정광배의 5개사로 재편하였다. 그리고 흥경현 왕청문에 총사령부를 설치하고 부속학교인 '화흥중학'을 〈속성사관학교〉로 개편하여 통화현 강전자로 옮겼다.

왕동헌은 나이가 많아 최전선에서 게릴라투쟁을 할 수 없자 동생 왕광약, 왕자헌에게 자금을 주면서 항일 무장투쟁에 앞장설 것을 요청하였다. 그들은 형의 뜻대로 양세봉의 '조선혁명군'과 힘을 합쳤다. 양세봉은 '요녕농민자위단'의 대표로 나설 수 있었지만 왕동헌을 지지하였다. 심지어 자신을 추대하는 사람을 설득하여 왕동헌을 항일운동 전선의 지도자로 내세웠다. 지금까지 항일운동은 조선인이 주도하였으나 앞으로는 시야를 넓혀 연대하여야 한다. 새로운 이데올로기가 싹트고 있다. 새 세상이 열리고 있다. 그리고 여기는 중국이 아닌가? 중국인을 동참시켜야 한다.

이러한 생각은 보다 많은 민중을 포용할 수 있다. 양세봉의 예상대로 '요녕농민자위단' 숫자는 삽시간에 일천 명을 넘어섰다. 그리고 협상의 명수 김학규를 전(前) 동변도 진수사 영장을 지냈던 탕쥐우[唐聚五]에 파견하여 그에게서 연합 항일운동에 참가하겠다는 긍정적 대답을 들었다.

탕쥐우의 막후였던 이춘윤도 '요녕농민자위단'에 참여하겠다는 의사를 밝혔다. 이춘윤은 봉성현 출신으로 북경육군대학을 졸업

탕쥐우와 피 마시며 결의형제 맺은 곳

한 수재였던 만큼 양세봉의 뜻을
충분히 이해하였다. 9·18사변 당시
이춘윤은 동변도 진수사 참모처장
이었다. 그는 일본의 만주 침략에
분개하며 의용군을 조직하려고 했
으나 뜻을 이루지 못하였다. 양세
봉은 병력과 장비가 월등한 일본군
과 싸우기 위해서는 정규군 경험이 있는 이춘윤이 반드시 필요하
였다. 1931년 12월, 흥경에 주둔하고 있던 이춘윤이 '요녕농민자위
단'에 합류하겠다고 약속하자 양세봉은 뛸듯이 기뻐하였다.

양세봉은 중·조 항일연합을 위해 탕쥐우와 직접 만났다. 두 사람

회동에는 '요녕농민자위단' 사령관 왕동헌의 도움이 컸다. 탕쥐우는 왕동헌의 거병과 이춘윤의 참여 소식을 듣고 북경으로 돌아가는 즉시 장학량(張學良)에게 보고한 뒤 군사를 일으키겠다고 하였다. 탕쥐우는 양세봉과 왕동헌의 설명이 채 끝나기도 전에 두 사람의 손을 덥석 잡았다. 작년 일본의 만주 침략에 별다른 저항 없이 물러났던 동북군이 고토수복을 위하여 직접 나서는 것이다. 그 뒤 왕동헌은 각계각층을 돌아다니며 '공동투쟁'을 호소하였다.

양세봉은 작년에 일어난 의용군, '요동혈맹구국군' 운동이 만주국 동변도 진수사 우지산의 진압으로 실패한 것이 아쉬웠다. 그러던 중 '대도회' 사령관 양석복을 만났다. 두말할 것 없이 양석복도 '요녕농민자위단'에 합세하였다. 양세봉이 바라던 대로 세 팀의 항일 연합전선이 이루어진 것이다. 왕동헌의 '요녕농민자위단', 내부의 이춘윤, 그리고 '요동혈맹구국군' 대신 삼림을 대표하는 양석복의 '대도회'이다.

'대도회'는 홍, 청, 황, 백기의 4개의 기군을 설치하였다. 양석복은 백기군 사령관이었다. 나중에 그는 양세봉의 뜻을 좇아 이름을 양희부로 바꾸었다. 양석복 아니 양희부는 가끔 산에서 내려올 때면 시장에서 사람들을 모아놓고 무술을 보여주었다. 새로 군병을 모으는 방법이었다. 권법을 보여주거나 맨발로 작두 위에 올라서기도 하고 시뻘겋게 달군 쟁기 위에 올라서기도 하였다. 한번은 그가 양세봉에게 총으로 자기를 쏘아달라고 하는 것이 아닌가. 장난할 것이 따로 있지, 세상에 총을 가지고 장난할 수는 없는 것이다. 양세봉은 오랜만에 보는 장날의 떠들썩한 풍경을 고려하여 삼갔지만 계속되는 그의 재촉에 마지못하여 응한 적이 있었다. 세봉이 못이기는 척 슬쩍 몸 옆으로 비키게 쏘았지만 양희부가 그 총알을 세봉의 발밑에 던지는 것이 아닌가. 난리가 났다. 장에 왔던 사람들은 백두산 산림에서 총알을 받는 신인(神人)이 나타났다고 말하였다. 어처구니없었지만 어쨌든 새로운 병사들을 맞아들이기에는 좋은 선전수단이었다.

양희부는 무술을 보여주기 전에 부적을 물에 타서 마시곤 하였다. 이렇게 하면 칼이나 총알이 몸을 뚫거나 다치게 하지 못한다는 것이다. 그리고 정좌를 하고 주문을 외웠다. 그같이 하면 목숨에는 지장이 없다는 것이다. 사람들은 그대로 믿었다. 양세봉은 그를 법사님이라고 불렀다. 왕청현 군민들은 두 명의 양 장군이, 한 사람은 조선에서 또 한 사람은 중국에서 나왔다고 자기들끼리 수군거렸다. 그는 양세봉을 매우 좋아하였다. 1932년 3월 6일, 마침내 유하현 사포항에서 '요녕농민자위단'이 결성되었다. 자위단 대표로는 양세봉이 지지한 왕동헌이 계획대로 추대되었다.

2) 연합전선을 펴다. 중·조 인민 최초의 군중대회

그 사이 '조선혁명군' 대원은 400여 명으로 불어났다. 양세봉은 왕청문 회의에서 결의한 사항이 떠올랐다. 18세 이상 장정을 병적에 올리자는 것과 중·조 두 나라 인민이 오해를 풀고 공동으로 항일 전선에 종군하자는 것이다. 드디어 원수 일본을 소멸시키는 본격적인 항쟁의 길로 접어든다고 생각했다.

당시 중국 동북사회에서는 조선인들을 일본 침략의 앞잡이라고 인식하는 경우가 적지 않았다. 조선인을 중국말로 심지어 '얼구이즈[二鬼子]'라고 하였다. 일제의 교활한 민족 이간정책, 갈등과 대립을 확대 생산하는 언론 또는 일부 조선인 친일파 행태가 한몫하였다. 일본은 일본대로 외교권을 박탈당한 조선인을 보호한다는 구실로 영사관을 설치하고 그 영사관을 중심으로 중국을 침략하였다. 조선인은 일본의 만주 침략의 구실이 되었다. 만주를 두고 양측 민족 사이에 미묘한 기류가 흘렀다. 작년 여름 만보산 사건은 두 나라 국민을 이간질하는 일본의 교활한 술책이었다. 이 사건은 기자가 일본의 밀정이었다는 설 등 지금도 베일에 싸여 있다. 만보산 사건 발발로부터 석 달이 채 지나지 않아 관동군이 만주를 침략하는 9·18사변이 일어났고, 1932년 3월 1일에는 괴뢰 국가인 '만주국'이 세워졌다.

양세봉은 산막 창문 너머를 바라보며 찬찬히 생각에 잠겼다. 일본이 조·중 민족을 대립하게 만든 것은 만주를 침략하기 위한 첫 번째 단계였다. 그리고 이제 민족혼에 눈뜬 중국인을 고립시키고 분쇄하는 것이 두 번째 단계일 것이다. 세 번째는 조선인을 이용해 만주를 침략하고 점령하는 것이다. 그러자면 중국인과 조선인을 사사건건 대립시키고 갈등을 불러일으킬 것이다. 만보산 사건이 그 대표적인 사례이다. 일본은 만주 진출의 첨병이 된 조선인을 보호하고 중국인과의 마찰을 해결하는 '자상한' 중재자인 척 나타났다. 이렇듯 만주 침략에 철저하게 조선인들을 이용하였다.

석주 이상룡

일본과 제대로 싸우기 위해서는 조선과 중국은 연합하여야 한다. 우리는 이 문제를 단순히 중국만이 아닌 조선 침략과 동일한 문제로 삼아야 한다. 많은 선배들이 중국 땅에서 오랫동안 투쟁하였다. 항일투쟁을 위해 이곳에서 버티며 중국옷을 입고 이름도 중국식으로 바꾸었다. 스승인 오동진, 이상룡 선생도 중국옷을 입고 중국말을 하며 살지 않았는가. 또 만주 신흥무관학교가 일본과 마찰을 우려한 중국 측 요청대로 허름한 옥수수 창고에서 '강습소'라는 명칭으로 시작한 것만 보아도 알 수 있다. 여기는 중국 땅이다. 원수 일본과 투쟁을 위해서라면 무엇인들 못하랴. 더구나 지금은 시대도 바뀌었다. 새로운 이념도 봇물 터지듯 나오고 있다. 용납하고 이해하여야 한다. 독립운동 선배들 대부분은 조선인만 하는 민족주의 운동을 지지하고, 중국인은 만주에서 조선인을 일본의 중국 침략 전위병으로 보고 있지만 말이다.

'요녕농민자위단'은 3개 부문 무장 대오로 결성되었다. '대도회', 양세봉의 '조선혁명군' 제3로군, 이춘윤 부대와 지방의 '경갑'과 '산림대'이다. '조선혁명군' 제3로군은 왕동헌의 자위단에 가입한 후 붙여진 '조선혁명군' 이름이었다. 이는 나중에 '조선독립단'으로 개칭되었다. 사령관은 양세봉이 겸했고 단장은 조화선이 맡았다. '조선독립단'은 산하에 5개 소대를 두었다. 지방의 '경갑'과 '산림대'는 민단(民團)이라고도 하였는데 강안촌 자위단, 왕청문 자위단, 환인현 대양 자위단과 산림대로 구성되었고 산하에 6개 대대를 거느렸다.

사포항에서 궐기대회와 열병식을 마친 부대는 곧바로 항일전선인 흥경과 무순으로 떠났다. 자위단은 이춘윤 부대와 합류하기 위해 유하에서 출발하여 환인현 향수하자구, 쌍립자를 거쳐 흥경현을 지나 영릉가를 향해 진군하였다. 중화민국 국기를 흔들며 씩씩하게 행군하는 자위단 부대를 지켜보는 중국 인민들이 희망과 기

쌍수하자. 조선혁명군이 일본군과 전투를 벌였던 중국 왕청현 쌍수하자의 전경을 찍은 것이다.(사진=독립기념관)

쁨에 넘쳐 열렬히 환영했다.

3) 중·조연합군 최초의 승리, 제1차 영릉가전투

1932년 3월 11일 '요녕농민자위단'이 두령에서 만주국 괴뢰군인 흥경현 위만공안대와 마주쳤다. 총소리가 울리자 자위단 대원들이 어쩔 줄 몰라 하였다. 의용군 대부분은 전투가 처음이었고 진짜 총탄도 본 적이 없었다. 양세봉이 교관을 파견하여 교육을 시켰어도 소용이 없었다. '조선혁명군'이 시범을 보여야 했다. 위만공안대와 일본군이 한 줄로 서서 끊임없이 총을 쏘고 박격포까지 동원하여 포격을 시작하였다. 양세봉이 그 사이를 뚫으며 앞장섰고 그 뒤를 따라 '조선혁명군' 병사들도 공격하였다. 형세는 점점 자위단 편으로 기울었다.

이제 총알이 일으키는 바람 소리에 어느 정도 익숙해졌다. 그런데 참 이상하였다. 적들이 그렇게 많이 쏘아대도 우리 편은 누구 하나 부상자가 없었다. 아니 포까지 쏘는데도 멀쩡하였다. 죽기를 각오하고 싸우면 기적이 벌어진다더니, 첫 싸움부터 말로만 듣던 기적이 일어난 것인가. '조선혁명군'은 왕동헌의 '요녕농민자위단'에 무언가를 보여주어야 할 입장이었다. 양세봉이 미심쩍어 망원경으로 들여다보니 위만공안대 대부분이 동족인 '요녕농민자위단'을 향해 총을 쏘는 것이 아니라 놀고 있는 것처럼 보였다. 그간 전투 경험으로 보아 박격포 포신도 겨냥하는 방향이 맞지 않았다. 그들도 이렇게 침

영릉가 전투 시 조선혁명군(한중연합부대) 주둔지 입구(2011, 사진: 독립기념관)

략자들에게 저항하는 것이리라. 아니면 그들의 월등한 병력과 장비를 믿고 자위단을 우습게 생각하는지도 몰랐다.

그러나 이것은 전쟁이었다. 밀고 밀리며 사선에 올라가고 그때마다 동료들 목숨이 달려있는 전쟁, 그리고 '요녕농민자위단' 결성 이후 첫 싸움이었다. 지휘관의 임기응변과 정확한 판단력이 전체를 구하고 전투의 승패를 좌우한다. 이미 사기 면에서 이 전쟁은 이겼다. 양세봉은 상황을 왕동헌에게 보고하였다. 그리고 그들의 약점을 다시 파고들었다. 왕동헌은 그의 뜻을 따라 자위단 대원들에게 "같은 중국인들끼리는 싸우지 않는다." "총구는 침략자들인 외부의 적에게 겨누고 우리 모두 항일운동에 참여하자" 외치라고 명령하였다.

　양세봉은 유방과 항우의 고사가 떠올랐다. 지치고 향수에 젖은 강동의 병사들에게 초나라 고향 노래를 들려주어 전의를 빼앗던 고사, 왕동헌의 외침과 함께 민속음악 소리가 들리자 공안대원들 총소리는 더욱 뜸해졌다. 이 틈을 타서 '조선혁명군'이 앞장서 돌진하여 그들의 본진을 공격해서 탈취하자 '대도회'도 일제히 함성을 지르며 공격하였다. 자위단은 영릉가 남산까지 그들을 쫓아 진격하였다. 그렇게 첫 전투는 '요녕농민자위단'의 승리로 끝나고 영릉가를 점령하였다. 이것이 1차 영릉가전투이다.

　'조선혁명군' 100여 명은 자위단과 함께 영릉가에 입성하였다. 모두가 자위단의 입성을 축하하였다. 특히 조선인들은 떡을 치고 탁주를 들고 나와 전사들을 대접하였다. 청산리전투 승리 이후 십여 년 만에 처음 보는 승전보였다. 더구나 지금은 영토도 있다.

　병사들이 학교에 이르자 왕동헌과 양세봉의 연설이 있었다. 양세봉은 '요녕농민자위단'이 결성된 목적과 의의를 말하고 조·중 인민이 단결하여 공동의 적 일제와 싸우자고 호소하였다. 운동장에 모인 군민들은 일제히 "일본 제국주의를 타도하자!" "중국과 조선에서 물러가라!"라고 소리 높여 외쳤다. 중국과 조선, 조선과 중국의 첫 연합작전의 승리였으며 조·중 인민의 첫 공동집회였다. 이들은 모두 공동운명체임을 확인하였다. 그들이 그날 부른 승전가를 한번 살펴보자.

백두산 상상봉에 깃발이 날고
두만강 둔덕 우에 살기 넘친다
십년 동안 간 칼이 번쩍이는데
금수강산 삼천리에 자유종 운다

해동해 대륙의 큰 벌판 침략자 왜군
쳐부수는 우리들의 고함소리들이 들들들
번개 번쩍 말을 달려 나아갈 진대
반만년 우리조국 광복되리라

　1932년 3월 20일, 위만군 3천여 명이 흥경현에 쳐들어왔다. 자위단에 빼앗긴 영릉가 지역을 되찾으러 오는 것이었다. 정보를 미리 들은 양세봉은 그들이 오는 길에 매복, 3월 21일 위만군이 나타나자 일제히 사격하고 돌격하여 승기를 잡았다. 양세봉은 돌아가는 길에 본계현의 항일사복대가 우심대 기차역을 습격하였다는 말을 듣고 그들과 합류하였다. '국민부' 본계현 지방행정총관 김무와 조자충 등이 망성강자에서 양세봉과 만났으며 그 곳에서 조선인 청년 10여 명이 입대하였다.

　흥경현으로 돌아가는 도중에 마주친 남만주 상협하, 목하 두 마을 지주들이 조직한 민병대는 '조선혁명군'의 상대가 되지 않았다.

　한편 북경에 있는 국민당 소속 장학량 '동북민중항일구국회'의 꿈은 앞에 말한 대로 그들의 옛날 근거지인 만주 땅을 수복하는 것이었다. 9·18사변 직후 중국 관내로 피신했던 장학량은 탕쥐우의 보고를 받고 왕육문 등 옛 군정 요원들과 논의를 거듭하였다. 그리고 마침내 장학량은 그들에게 만주로 돌아가 의용군을 모집하고 무장 항일투쟁을 하라고 지시하였다.

장학량

제2부
탕쥐우의 **요녕민중자위군** 성립, 그리고 다시 연합

제2부 탕쥐우의 요녕민중자위군 성립,
그리고 다시 연합

1) 국민당 정부 동북군 탕쥐우와 만남

1932년 3월 21일, 환인현에서 '요녕민중자위군'이 탕쥐우에 의해 설립되었다. 왕동헌의 '요녕농민자위단'과는 다르게 정식으로 발족된 반일무장투쟁 부대였으나 대부분은 총을 쏴보지 못한 농민들이었다. 국민당 특파원 왕육문, 왕봉각 등 유력자와 동변도 10개현 대표 30여 명이 '요녕민중구국회'를 조직하고 군사위원회 아래 '요녕민중자위군' 총사령부를 두었다. 탕쥐우가 군사위원회 위원장과 총사령을 겸직하였다. 제6로군 사령으로는 흥경에 주둔한 이춘윤이 선임되었다. '요녕농민자위단' 사령관 왕동헌은 이 소식을 듣고 자기 부대를 이끌고 탕쥐우가 조직한 '요녕민중자위군'에 참여하였다.

한편 양세봉은 장학량 휘하에서 동북군 생활을 하였던 손수암과 이춘윤 소개로 탕쥐우를 만났었다. 처음에는 왕동헌의 소개로 만남이 있었고, 이번이 두 번째 갖는 만남이었다. 양세봉은 1932년 4월 29일, 참모장 김학규를 환인현성에 있는 탕쥐우에게 보냈다. '조선혁명군'이 '요녕민중자위군'에 어떻게 녹아들어올까 하는 중요

한 회의였다. 탕쥐우는 과거에 만
난 적이 있어 친근하였다. 그는 '조
선혁명군'이 만주에서 조선으로 진
공할 때 중국 관민이 지원하는데
찬성하였다. 사전에 이야기된 대로
양세봉이 '요녕민중자위군'에 직접
참가하고 싶다고 말하자 탕쥐우
가 기뻐하였다. 그는 양세봉의 부
대 인원수, 편제, 배치 등을 꼼꼼
히 묻고 나서 왕동헌을 제10로군
사령관, 양희부를 제11로군 사령

탕쥐우

관으로 임명하였다. 그리고 '조선혁명군' 사령부를 왕동헌 휘하 제
10로군에 편성했으니 양세봉이 지휘하는 것이나 다름없었다.

'조선혁명군' 중대는 각 군의 특무대에 편성되었다. 제1로군 박대
호는 자위군 1로군 특무대, 제2로군 한검추는 자위군 제16로군 손
수암 부대, 제3로군 조화선은 이춘윤 제6군, 그리고 제4로군 최윤
구는 자위군 제5군 특무대에 배속되었다. 그리고 제5로군 정광배
는 자위군 18로군에 소속되었다. 즉 '조선혁명군' 본부는 자위군
제10로군 이름으로, 그리고 각 부대는 특무대라는 이름으로 자위
군 각 로군과 연합하여 무장투쟁을 전개하였다.

당시 '요녕민중자위군'은 총 20개 로군으로 구성되었다. 그들이
장악한 지역은 서쪽으로는 양세봉이 점령한 신빈현 영릉가, 북쪽

요녕 〈민중자위군〉 전투유적지

으로는 관전과 환인, 남쪽으로는 통화, 집안이었다. 그때 동변도 북
방에는 지청천이 지휘하는 '한국독립군', 그보다 북쪽 하얼빈 너머
에는 조상지 장군이 지휘하는 '주하유격대'가 있었고, 마점산 등
군벌이 이끄는 '중국의용군'이 있었다. '요녕민중자위군'은 비록 민
군(民軍)이지만 왕동헌의 '요녕농민자위단'에서 시작하여 이제는
탕쥐우가 정식으로 운용하는 부대가 되었다.

9·18사변 후 일본이 만주를 점령하자 국제연맹에서 공정한 입장
에서 조사하려는 위원회가 결성되었다. 미국, 영국 등 서방 5개국
대표로 구성된 위원들은 1932년 4월 하순 심양에 도착하였다. 이
때 탕쥐우가 환인현성 사범학교 교정에서 위원회에 중국인의 각오
를 보여주며 일본의 침략을 규탄하는 혈서를 썼다. '조선혁명군'에
서 박대호와 김학규가 참가하고 대표로 김학규가 축사하였다. 이

요녕 〈민중자위군〉 전투유적지

들은 일본 제국주의의 잔학상을 고발하고 억울하게 숨겨간 조선 동포를 추념하였다. 하지만 서방 열강들의 관심은 중국에서 자국의 이권 확보에 있었을 뿐 상실된 만주 땅을 되찾아주는 것이 아니었다. 즉 서방 열강들은 자기 몸도 지키지 못하는 약소국의 안전을 담보해주는 사람들은 아니었다.

'요녕민중자위군'은 흥경현에 3개 로군을 배치하였다. 즉 이춘윤, 양희부 그리고 왕동헌 말하자면 양세봉이 맡았다. 나중에 자위군은 37개 로군, 7개 방면군으로 확대 편성되었다. 그러나 '요녕농민자위단'과 같이 대부분 의분에 넘친 민간 의용대였다. 전쟁은 단순히 의기만으로 이루어지는 것이 아니다. 양세봉은 조선인 교관을 각 로군에 파견하여 기초적인 전술체계와 총 쏘는 법 등을 가르쳤으나 한계가 있음을 통감하였다. 전쟁을 두려워해서는 안 된다는

경학사 노천대회가 열렸던 대고산

정신훈화가 대부분일 수밖에 없었다. 그 사이 홍경현은 달라진 것이 없었다.

양세봉은 부대 개편을 마친 뒤 미처 정식으로 가입하지 못한 각 지역 '조선혁명당' 당원은 개인 명의로 소재지 자위군에 가입할 수 있다고 공포하였다. 따라서 '조선혁명당' 당원 대부분이 '요녕민중자위군' 각 로군에 들어갔고 이들은 자위군의 중요한 역량이 되었다. 이것은 중국과 연합하여야만 강대한 일본을 넘어서 조선이 독립을 쟁취할 수 있다는 전략 방침이고 시대적 요청이었다.

'참의부' 시절부터 왕래가 있었던 석주 이상룡이 양세봉에게 편지를 보냈다. 양세봉은 조국과 민족의 앞날이 당신의 어깨에 달렸다는 말을 듣자 석주의 뜻을 가슴 깊이 새겼다. 이상룡은 '신흥무관학교'와 '경학사'를 만들고 상해 임시정부 국무령을 지냈었다. 그는 줄곧 외교투쟁보다는 무장투쟁을 지지하였다.

이춘윤

2) 신개령전투와 양세봉의 후퇴

1932년 4월 27일 일본군과 위만군이 통화와 흥경을 빼앗기 위해 다시 공격해왔다. '요녕민중자위군' 손수암과 이춘윤, '조선혁명군' 한검추가 이들을 막으러 떠났다. 1932년 5월 2일 손수암과 한검추는 이밀하구에서 진격해오는 적에 맞서 사흘 동안 격전을 벌였으나 시간을 버는 것으로 만족하였다. 사흘째 전투는 더욱 격렬하였다. 30여 명의 자위군 사상자가 영릉으로 옮겨졌다. 적군이 강하고 아군이 약해진 상황에서, '요녕민중자위군'은 3일 밤낮을 완강히 저항한 후 환인현 이호래로 철수하였다.

같은 시기, 양세봉은 자신의 병력과 제6로군을 지휘하며 양제대에서 전투를 벌였다. 양세봉이 미리 잠복시킨 부대의 기습을 받자 적군은 뿔뿔이 흩어져 도망치다가 50여 명의 사상자를 냈다. 다음 날, 적군은 대오를 다시 정비하여 양제대를 공격해왔다. 적군의 포대가 자위군의 바리케이트를 부수자, 양세봉은 철수를 결정하고 영릉으로 돌아가 이대광 사단과 만나 환인으로 물러났다.

곧이어 3,000명에 이르는 적군이 흥경현 관문인 신개령을 향했다. 조화선과 이춘윤이 혈전을 벌여 전세는 호각을 이루었지만 만주국 동변도 사령관 우지산은 야포뿐만 아니라 비행기까지 동원하였다. 일본군도 합세하였다. 1932년 북평에서 발행된 「구국순간(救國旬刊)」 '요령항일구국군(遼寧抗日救國軍) 제6로군 요록'에는 다음과 같은 내용이 실려 있다.

우지산은 구국군(救國軍)을 공격하기 시작했다. 5월 2일, 중포 18대, 박격포 18대, 평사포 12대와 보병 4천 5백여 명이 신개령까지 행진하여 쌍방이 교전하였다. 적군은 우리 구국군을 세 차례 포위하고, 맹렬히 공격했다. 이춘윤 사령관이 3천여 명의 병사를 지휘하여 침착하게 저항하였다. 3일이 경과하였고, 큰 비에도 병사들의 사기는 조금도 수그러들지 않았다. 이후 전략상의 변화로 환인 이호래로 퇴각하여 잠시 군대를 정비한 후 다시 저항하기 시작했다. 이번 전쟁에서 적군은 2백여 명의 사상자를 냈고 소령 참모 1명, 연대장 1명, 중대장 1명, 소대장 1명이 전사했으나 아군은 몇 명의 사상자를 냈을 뿐이다.

자위군은 수뇌부 회의를 열었다. 이 자리에는 왕동헌, 양세봉, 양희부, 이춘윤 등이 참석하였다. 이들은 지난 전투를 신중히 검토하고 분석하였다. 양세봉은 도시에 군대를 집중시키면 인적 손실이 커서 전력이 약화되는 결과가 초래될 것이므로, 잠시 산에 은거하며 반격의 기회를 노리자고 하였다. 자위군은 양세봉의 의견대로 일단 영릉가를 내주고 산림으로 들어갔다. 결국 5월 5일 우지산이 이끄는 만주국군이 흥경현을 점령하였다. 만주국 우지산 부대는 흥경현 성에서 온갖 만행을 저질렀다. 특히 조선인 가옥을 샅샅이 뒤졌고 조선인이 많이 모이는 교회당까지 수색하였다. 그리고 조금이라도 의심스러운 조선인은 가차 없이 끌고 가서 고문을 자행하거나 살해하였다.

3) 제1차 흥경전투

일단 산림으로 몸을 피한 양세봉은 허를 찌르는 습격전으로 흥경현을 되찾을 계책을 세웠다. 이번에는 '조선혁명군' 본대가 참여하는 대규모 전투였다. 박대호, 한검추, 조화선, 최윤구, 정광배 모두들 긴장한 모습이었다. 양세봉은 대규모 공격에 앞서 1백여 명의 특무대를 민간인으로 변장시킨 후 성안으로 잠입시켰다. 그들을 조선인이 운영하는 여관에 투숙시켰다. 이제는 때가 영글었다. 마침내 근거지인 왕청문에서 양세봉은 영릉가 결전을 앞두고 병사들에게 "살려 한다면 죽고 죽으려 한다면 산다"는 연설을 하였다. 다음은 연설 일부분이다.

친애하는 동지들,
생사운명을 같이 해온 우리 동지들,
우리는 일본제국주의를 반대하며 조국광복을 위하여 이국에서 유

1930년대 흥경시가

혈투쟁을 하면서 온갖 장애물들을 극복해 왔으며 더욱이 우리 남만주 동포들은 많은 박해와 고통을 이겨내며 우리를 지원하여 왔습니다. 지금의 정세는 일본은 9·18사변으로 만주를 강점하고 화북으로 세력을 넓히면서 중원까지 침략하기 위해서 갖은 음모와 흉계를 다하고 있습니다.

이에 중국 인민들은 각성하여 항일구국의 기치를 높이 들고 장정의 길에 올랐습니다. 그래서 우리는 이 대열에 함께 하며 공동의 적을 분쇄하기 위한 연합작전을 하게 되었습니다. 그러나 지금의 정세는 그리 낙관적이지 않습니다. 적은 어떻게든지 중·조 양 민족을 뭉치지 못하게 하려고 이간질을 하고 있습니다. 때에 따라서는 우리 남만 동포들의 생명이 위기의 고비에 있습니다.

친애하는 동지들,

일본제국주의는 보민회를 양성하여 우리 민족은 오늘이냐 내일이냐 하는 생사의 긴박한 상황에 놓이게 되었으며 그들의 외침이 우리를 부르게 된 것입니다. 우리는 남만 동포들을 죽음의 공포에서 구출해내는 것이 당연한 사명입니다.

친애하는 동지들, 우리는 오늘의 긴박한 사실들 앞에서 일본제국주의의 야만적인 만행을 더욱 침통하게 느끼지 않을 수 없습니다. 남만 동포들의 분노와 뼈에 사무친 한 그리고 그들을 보호하기 위해서라도 우리는 결전의 장에 뛰어들어야 하는 것입니다.

여기까지 말하는데 양세봉은 갑자기 목이 막혔다. 그리고 눈에 익은 동포들의 모습이 하나하나 눈에 떠올랐다.

… 악독한 일제가 우리 강토를 침략한 뒤에 우리 동포들은 고향산천을 등지고 압록강을 넘어 중국에 왔으며 애국인사들은 망명하여 독립단체들을 만들었습니다. 우리 동포들은 초근목피로 연명하면서도 조국의 광복을 위해 귀중한 인력과 물자를 보내 주셨습니다. 우리는 이러한 동포들이 위기에 울부짖고 있는 것을 두고 볼 수만은 없는 것입니다. 경신년 대학살 때 놈들은 국경을 넘어와서 우리 동포를 참살하고 방화를 하는 등 압록강 상류부터 하류까지 동포들이 흘린 피는 강 언덕을 붉게 물들였습니다. 남편을 잃은 여인들과 부모를 잃은 고아들의 울음소리가 그치지 않았습니다 그리고 골짜기마다 그때 흘린 피 흔적이 남아 있습니다. 왜놈들의 흉악무도한 만행을 생각할 적마다 통한을 금할 수 없습니다.

여기서 양세봉은 옛날을 회상하자 흐르는 눈물을 참을 길이 없었다. 여기저기서 병사들도 같이 흐느끼는 소리가 들렸다. 사령관의 말이 한동안 멈추었다. 그러나 하는 말은 끝까지 하였다.

이번에 우리가 계획하여 연합한 전투는 우리에게 선봉이라는 중책이 맡겨졌습니다. 이번 전투는 오로지 승리만이 의의가 있습니다. 동만 동포들의 생명 또한 달려 있습니다. 이번 전투는 동포와 동지들의 생사를 담판하는 결전입니다. 나를 따라 생명을 각오하는 동지들은 손을 들어 주십시오….

여기서 군의 대원들이 모두 같은 목소리로 사령관 각하를 따라 생명을 바치겠다, 하루빨리 위기에 직면한 흥경현 동포를 구출하자며 함성을 질렀다. 양세봉이 다시 말을 이었다.

동지들, 조급할 것은 없습니다. 조선혁명군과 동만 백만 동포들의 생명을 두 어깨에 짊어진 우리는 모두 일당백의 용감한 정신을 갖춘 전사입니다. 검은 구름이 물러나고 푸른 하늘에 우리의 국기가 휘날립니다. 여러분의 용감한 정신과 아울러 이번 전투에 승리의 믿음을 선포합니다.

큰 싸움을 앞에 두고 한 이 역사적 연설은 '조선혁명당'《전위보》전편에 발표되어 각 지방 군중과 청년들이 동시에 돌려보았다. 동만의 모든 군민들이 숨죽이며 전투 결과에 주목하였다.

사령관 훈시가 끝나자 '조선혁명군'은 행군을 시작하였다. 중간에 '소자하'라고 하는 큰 강을 건너야 했다. 만주 지역 5월 날씨는 아직 차가웠다. 얼음이 풀리기 시작하는 강물은 깊고 추웠다. 그러나 사령관과 대원들 사이에는 거칠 것이 없었다. 양세봉은 대원들에게 강을 건너라고 지시한 후 평상시처럼 자기부터 물에 뛰어들었다. '조선혁명군' 병사들도 사령관 뒤를 따라 너도 나도 강물에 뛰어들었다. 그리고 약속 시간에 맞추어 공격을 시작했다. 독립군은 무너지는 적진을 따라 시가전을 벌였으며 육박전도 불사하였다. 예상치 못한 습격에 일본군과 위만군은 당황하였다. 그리고 일전부터 여관에 묵었던 특무대원들이 안에서 호응하자 적군은 더 이상 지탱할 수 없었다. 결국 격렬한 시가전 끝에 그들은 흥경현 성에서 철수하며 북쪽으로 도망쳤다.

5월 25일 자위군은 다시 영릉가를 점령하고 보무도 당당히 입성하였다. 양세봉과 대원들은 모두 '반역자와 일본을 타도하여 조국을 지키자!'라는 글귀가 적힌 완장을 달았다. 그러나 사령관을 비롯한 병사 모두 속옷 차림이었다. 강물을 건널 때 물에 젖은 솜바지가 얼어붙어 전투하는데 거추장스러웠던 것이다. 나중에 그 이유를 알게 된 주민들이 불을 피우고 물을 끓이며 병사들의 젖은 옷을 말리도록 하였다. 어떤 이는 마른 옷가지를 들고 양세봉을 찾아오기도 하였다.

당시 만주국 위만군은 영릉가에 주둔하였다. 그러다보니 흥경현을 근거지로 활동하는 '조선혁명군'에게 심각한 위협이 되었다. 그들이 사라지고 나니 '조선혁명군'은 주둔지에 대한 걱정거리도 덜 수 있었다. 하지만 그대로 물러날 위만군과 일본군이 아니었다. 적군은 부단히 병력을 증파하였다. 그들은 우세한 장비와 화력으로 흥경현을 다시 공격했다. 1932년 6월 18일 적군이 영릉가를 재점령하였다. 이춘윤은 잘 싸웠으나 결국 퇴각하였다. 영릉가를 두고 뺏고 뺏기는 전투가 벌써 세 번째였다. 처음에는 지난 3월, 왕동헌, 양희부, 이춘윤과의 연합이었다. 그리고 동변도에 탕쥐우를 중심으로 한 거국적인 의용군이 조직된 후 이번이 두 번째이자 세 번째 싸움이었다.

4) 제2차 흥경전투와 통화, 그리고 특무대

양세봉은 부대를 전위·중위·후위 세 갈래로 나누었다. 전위는 양희부, 후위는 이춘윤에게 맡기고 자신은 중위를 맡았다. 자신이 앞장선 중위는 북부로 들어가 시가전과 육박전을 벌이고, 그 사이 양희부의 '대도회'는 남쪽으로 그리고 일차 패퇴하였던 이춘윤은 왕청문에서 부대 개편을 한 뒤 현성 서부를 공략하였다. 총소리가 울리고 전투가 개시되자 적군과 아군의 시체가 널리었다. 일본군은 비행기까지 동원하였으나 기울어진 전세를 바꾸지는 못하였다. 탕쥐우의 '요녕민중자위군'이 흥경현 성을 다시 점령하고 영릉가를 탈환하였다.

일본군은 결국 정전을 요청했다. 그 조건으로 일본 영사관은 자위대가 정한 기일 내에 통화를 떠나기로 하였다. 통화에서 철수하는 것이다. 그들이 통화를 떠나자 1932년 6월 환인에 있던 '요녕민중자위군' 총사령부가 통화로 옮겨왔다. 자위군 총사령관 탕쥐우와 양세봉의 연설이 잇따랐다. 탕쥐우는 조선인 병사들의 전투력에 대한 칭찬을 잊지 않았다. 양세봉은 자기 말을 잘 따라준 대원들이 고마웠다. 이 빛나는 승리는 모두 대원들 공이었다는 말로 연설을 매듭지었다.

　탕쥐우는 과거 한인들에 대한 편견을 버리고 오히려 '조선혁명군'을 자기의 독전대로 삼았다. 그리고 총사령부를 호위할 경위 부대에 일부 병력을 파견해 달라고 요청하였다. 그동안 열심히 싸웠던 조화선이 부름을 받았다. 이에 양세봉은 일부 병력을 보내면서 예전과 같이 특무대라고 칭하였다. 지난 4월 최초 부대 개편 시 특무대라는 이름을 썼으나 그것은 각 로군에 배속된 것이었다. 탕쥐우는 '조선혁명군'을 모두 '요녕민중자위군' 본대 특무대로 편성하고 싶었다. 양세봉 사령관을 특무사령으로 임명하고, '요녕민중자위군' 사령부에 조선인 부대를 주둔시켜 특별대우를 한다는 것이다. 즉, 지난 4월에는 '조선혁명군'을 갈라 각 중대에 배속하였는데 이제부터는 본대에 배속하고 정식으로 대접하겠다는 것이다.

　그 사이 양세봉은 재순이 몸을 풀었다는 소식을 들었으나 계속되는 싸움으로 집을 쳐다볼 여유조차 없었다. 셋째 시봉이 전해 온 소식에 의하면 이번에는 아들이었다. 그동안 아들이 없어 둘째인 의숙의 아명을 '유감'이라고 지었었는데 그 덕인 모양이었다. 지금이 6월이니 아들 녀석이 태어난 지 한 달이 지났다. 꼬물거리고 있으리라. 어머니는 잘 계신지. 그동안 집에 못 가본 지도 오래되었다. 1929년 4월 '국민부'가 설립되어 흥경현 왕청문으로 이사를 하였었

다. 그리고 '국민부' 간부 대부분이 일본 헌병대에 잡혀가는 '흥경
사건'이 일어났고 곧이어 '조선혁명군' 총사령이 되었다. 그리고 계
속되는 전투로 몸을 빼낼 여유가 없었다. 가족의 안전을 책임진 셋
째 시봉이 그사이 집을 비밀리에 소산성자로 옮긴 뒤에는 아예 들
르지 못하였으니 벌써 가족들을 보지 못한 지 여러 달이 넘었다.

5) 귀녀의 죽음

사실 양세봉은 지난해에 청천벽력 같은 소식을 들었지만 말로 표
현하지 않았을 뿐이었다. 1932년 5월, 열두 살 난 딸 귀녀가 단오절
축제에 나갔다가 일본군의 폭격으로 죽었다. 같이 나갔던 시봉의
처 김화순은 다리에 파편을 맞은 채로 피투성이가 되어 집까지 엉
금엉금 기어왔다는 것이다.

세봉은 죽은 아이에 대한 못다 한 정이 새삼 사무쳤다. 그가 천
마산에서 내려와 반년 만에 처음으로 만났을 때가 떠올랐다. 가족
이 금구자에 살 때였다. 그때 양세봉은 천마산대 동료와 함께 '광
복군총영' 오동진을 찾아가는 길이었는데 마침 중간에 집이 있어
사흘을 머물렀었다.

전년도에 태어난 귀녀는 양세봉이 천마산대에 입대하여 그때가
첫 만남이었다. 그때 아이는 귀여운 두 살이었는데 생판 처음 보는
아빠를 두고 처음에는 아빠라고도 부르지도 못하였다. 그러나 집
에 머무른 사흘 동안 매일같이 아침부터 아버지를 찾았다. 나도 아

신빈 정의부 청사터 전경

빠가 있다라는 것이었을까. 그 뒤 양세봉이 '정의부'에 있을 때 귀녀는 일곱 살이었다.

지나간 기억들…. 갓난아기였던 둘째 의숙은 예쁜 짓이 한창이었다. '통의부'에서 '참의부'를 거쳐 '정의부'로 옮겼을 때 양세봉은 사실 집에 많이 다니지도 못하여 다른 아빠들처럼 귀녀를 알뜰히 안아 주지도 못하였다. 자식이 죽으면 가슴에 묻는다고 했던 말대로 양세봉은 한동안 망연하였다. 사도강 집이 위험하다고 하여 새로 이사 간 소산성자 집이었다.

양세봉은 귀녀의 얼굴이 떠오르면 보는 사람이 없는 곳에서 숨죽여 울었다. 그러나 큰일을 앞두고 내색할 수 없었다. 어린 것이 아빠의 사랑도 제대로 못 받아보고 다시는 돌아오지 못할 길로 떠나고 말았다. 그러나 여기 있는 사람 모두 가족 중 누군가를 비명에 잃지 않은 사람이 있는가. 그는 대원들 앞에서 개인의 슬픔을 자제하였다. 귀녀에 대한 생각을 마치면 시봉의 처 김화순에 대한 미안함이 물밀 듯 밀려왔다. 천마산대에 있었던 일을 필두로 독립군 옷을 빨아주고 무기를 숨겨주며 그들이 올 때면 따뜻한 밥 한 끼라도 더 먹이고 싶어 하던 김화순은 파편을 빼지도 못한 채 드러누웠다. 그런 그녀가 자기만 살아왔다는 죄의식으로 또한 괴로워할 것이었다. 양세봉은 폭격을 맞은 제수씨에게 '숨겨진 독립군'이라 말하곤 하였다. 그리고 이제 또 한 사람 출산을 앞둔 재순은 얼마나 비통해하였으며 그리고 어머니는 다 키운 손녀를 잃은 아픔을 누구에게 풀 것인가.

불길한 소식은 홀로 오지 않는다고 하더니 한 달 뒤 석주 이상룡 어른이 별세하였다는 기별이 왔다. 귀녀의 죽음과 아울러 양세봉을 아끼고 밀어주었던 이상룡 선생의 별세, 때가 되면 사람은 가는 것이지 하면서 자신을 위안해도 양세봉은 그들의 죽음이 못내 안타깝고 서러웠다. 한 사람은 자기의 인생을 살지 못했고, 또 한 사람은 기어코 조국의 광복을 보지 못하였다. 한 생명이 가면 또 한 생명이 온다. 새로 태어난 아기는 자기 형제의 죽음과 상관없이 성장하여 나갈 것이다. 그러면 아기는 어떤 운명을 가졌는가. 자신과 같은 운명인가 아니면 귀녀와 닮은 운명인가? 둘 다 아니다. 식민지의 일생을 너희에게는 물려줄 수 없다. 광복되고 자유에 가득 찬 조국을 생각하였다. 양세봉은 이를 악 물었다 그리고 다시금 주먹을 쥐었다.

귀녀가 죽은 뒤로 양세봉은 비가 오면 창밖으로 검은 하늘과 방

호용으로 쌓아놓은 빗물에 젖는 볏단을 물끄러미 쳐다보는 버릇이 생겼다. 언젠가는 자신도 같은 모습, 아니 더 비참한 모습으로 갈 것이다. 비가 오고 있었다. 바람소리와 빗방울이 이곳 산막의 창문을 때리는 소리와 양세봉의 혼자서 흘리는 눈물 말고는 아무 소리도 들리지 않았다. 그는 어느 누구에게도 큰 딸 귀녀가 죽었다는 말을 하지 않았다. 그리고 석주 선생의 죽음에 대한 어떤 말도 꺼내지 않았다. 양세봉은 큰 전투를 앞두고 다만 속으로 울었다. 다행히 전투는 승리하였다.

6) 관전현 보위전

승전보가 전해질 때마다 동변도에서 양세봉 이름은 높아져 갔다. 그러나 양세봉은 그만큼 역으로는 일본군과 위만군의 표적이 되었다. 6월 6일 밤 이께다가 일본군 제12사단 제4야전부대를 거느리고 관전, 집안 등으로 진공하였다. 이에 맞서 최윤구가 자위군 부사령관 장종주와 힘을 합쳐 싸우고 박대호도 협력하였다. 마침내 기습과 습격전을 벌여 관전현 성을 점령하였다는 최윤구의 보고가 있었다.

축하하고 경탄하여야만 할 일이나 양세봉은 걱정 또한 앞섰다. 일본군은 끝내는 대군과 포 그리고 비행기까지 앞세워 다시 올 것이다. 그러면 우리는 지켜내기 쉽지 않을 것이다. 통화를 잃어 이미 문제가 된 그들은 관전현까지 잃은 채로 물러서지 않는다. 반드시 다시 온다. 일본군은 이미 광분하고 있었다. 그들은 '요녕민중자위군' 내부에 밀정들을 파견하여 정세를 파악하고 있었다. 더구나 동지들을 팔고 배신한 서문해, 시원수 등이 사태를 더욱 위험하게 만들었다.

아나나 다를까 일본군은 군민 속에 '요녕민중자위군'이 남아 있으면 관전현 성 모든 사람 즉, 민간인 비민간인을 구분치 않고 비행기로 무차별 폭격하겠다고 위협하였다. 그리고 철수하기를 종용하였다. 1932년 6월 말 결국 자위군은 관전현에서 물러나 환인현 접경 지역으로 들어가기로 결정하였다. 후세 사가들은 이것이 전투에서는 이기고 전쟁에서는 진 관전현 보위전이라고 하였다.

양세봉은 처음부터 이 전투에 대하는 시각이 달랐다. 그는 비정규전이란 승패가 없는 것이라는 믿음을 가지고 있었다. 유격전이란 군단과 군단이 마주치는 대회전과 달리 지지만 않으면 이기는 것이다. 그의 주된 관심사는 봉오동전투, 청산리전투와 마찬가지로 매복과 기습 그리고 동포들의 안전이었다. 양세봉의 시각으로는 관전현 습격전은 성공하였다. 그가 노린 대로 매복과 습격을 중심으로 한 비정규전의 승리였다. 그러나 지금에 와서는 상황이 바뀌었다. 양세봉은 최윤구에게 철수 지시를 내리고 생각하였다. 이미 점령한 지역이니까 지킬 수는 있지만 그러기에는 얼마나 많은 동포들의 희생이 따를 것인가. 또 언제까지 그 희생을 감내하고 점령 상태를 유지할 수 있겠는가. 반발하는 최윤구와 박대호를 뒤로 하고 돌아서는 양세봉의 마음이 어두웠다.

청산리 전투 종료 후 김좌진 부대를 촬영한 것으로 알려진 사진

　일단 그들은 동포들이 희생될 수 있다는 총사령관 말에 따랐다. 철수하는 길에 기수를 우모오 방향으로 바꾸어 4주야 격전 끝에 적군 1개 영을 격파하고 감천령 일대로 후퇴하였다. 관전현 싸움은 결국 내준 것이었지만 전투에 밀려 강제적으로 내준 것이 아니다. 이렇듯 중·조 연합군의 후퇴는 있었지만 그것은 전술에 의한 것이고 소규모 습격전에 의한 승전보는 계속되었다. 양세봉은 동포들에게 '우리의 장군'이었다. 그리고 흥경현 왕청문은 아직 '조선혁명군'이 차지하고 있었다.

7) 김일성과 만남

그 사이 김성주는 안도현에서 무장 항일부대를 창설하였다. 양세봉과 의형제를 맺었던 그의 아버지 김형직이 1926년에 죽었으니 그의 사후 6년 만에 아들 김성주가 부대를 창건한 것이다. 김형직이 병석에 누워 있다는 소식을 들은 양세봉은 그의 집까지 한걸음에 달려가 임종의 순간까지 같이하고 그가 숨을 거두자 장례의 모든 절차를 마무리 지었다. 마지막에 김형직이 한의원을 개업하여 돈을 벌었다고 하나 그가 죽고 난 다음에는 남겨둔 돈도 없었고 이곳 만주 땅에 이름도 없었다. 그러나 김형직은 독립운동에 투신한 민족주의자였다.

양세봉의 보살핌은 김형직이 죽고 이제 홀로 남은 강반석에게 큰 힘이 되었다. 공적으로는 한 혁명가의 죽음, 그러나 양세봉 개인에게는 의동생(그는 양세봉과 동갑이었으나 생일이 며칠 늦어 동생이 되었다.)의 죽음이었다. 그는 평생 이념의 차이를 무시하고 민족의 대동단결을 부르짖던 순수한 사람이었다. 그리고 공산주의자를 경원하였다. 김형직이 철저한 반공주의자였음에 비추어 아들 김성주가 공산주의자가 되었음은 참으로 아이러니한 일이다.

김형직의 장례를 마친 뒤 그의 유지대로 양세봉은 김성주를 자기의 보증으로 '정의부'의 '화흥중학'에 보냈고, 나중에 길림 '육문중학'에 넣었다. 바쁜 독립군 생활이었지만 틈만 나면 김성주를 찾아 용돈을 쥐어주고 혼자 남은 어머니 강반석을 보아 열심히 공부하

김일성

김형직

라는 당부를 잊지 않았다. 그런 성주가 '화흥중학'을 중퇴하고 '육문중학'에서 퇴학 통지를 받았다는 소식을 들었을 때 양세봉은 하늘이 무너지는 것 같았다.

양세봉이 '국민부'가 결성되고 '조선혁명당'과 '조선혁명군'이 만들어지면서 왕동헌과 산림대 '요녕농민자위단'의 연합과 첫 승리, 그리고 탕쥐우의 동북군 즉 '요녕민중자위군'과 연합하는 와중에 벌어진 전투 등으로 정신없이 바쁠 때 김성주가 그가 창건한 유격대를 데리고 통화시내를 지나 인사차 찾아왔다. 사실 양세봉은 김성주가 공산주의 사상에 경도되었으며 그것이 학교에서 퇴학당한 주요한 이유라는 소문을 들은 지 오래였다. 그들은 떼를 지어 다니며 때로는 비적질도 서슴지 않았다고 들었으나 이곳 사정이 절박하고 바쁜 만큼 근래 들어 따끔하게 충고할 기회가 없었다. 그런 김성주가 온다는 것이다.

김성주는 부대를 창건하였지만 몇몇 안 되는 대원들과 공산당 부대의 보호를 받고 있었다. 그는 자기를 '조선혁명군'에 넣어달라고 부탁하였으나 양세봉은 거절하였다. 그러면 무기라도 지원해 달라고 하는 요구에 그런 일이라면 김학규를 만나보라며 실질적으로 거절하였다. 더군다나 양세봉은 공산당의 분파 싸움과는 아주 척진 사람이었다. 양세봉은 김성주를 앞에 두고 먼저 말하였다. 두 사람 사이에 일종의 통과의례 같은 것이었다. 앞서 말한 대로 양세봉은 김형직과 의형제 간이었기에 김성주를 자기 아들 대하듯이 하고, 김성주는 양세봉을 일컬어 '아저씨' 또는 '선생님'이라고 불렀다. 그러나 김성주는 어리다고 하나 엄연히 자기 부대를 데리고 있는 독립 세력의 대장이었다. 그의 나이 21살이었다.

"김 대장, 하나만 먼저 확인하자꾸나."

"네, 선생님, 말씀하십시오."

"혁명군 소대장이 너희들 손에 죽은 것이 맞느냐?"

"하늘에 두고 맹세합니다, 아닙니다."

"네 아버지 이름을 걸고 진실을 말하거라."

"며칠 구류를 한 것은 사실이지만 정말 그의 죽음과는 아무런 관계가 없습니다."

"그런데 그가 죽었을 때 너는 왜 침묵을 지켰더냐?"

"남들이 믿어주지 않아서입니다. 그래서 오늘처럼 사령관님을 만나서 진실을 말씀드릴 수 있기를 기다려 왔습니다."

양세봉은 안도의 한숨을 쉬고 말하였다.

"내가 그 일 때문에 우리 혁명군이나 당에도 한마디 말도 못하고 그 사이 얼마나 힘들게 지내왔는지 알겠느냐. 소대장인 고동뢰를 너희가 해치지 않았다면, 좋다. 내가 믿겠다. 그러나 이 문제만큼은 확실히 하자. 지금 당장 네가 '조선공산당'과 철저히 손을 끊겠다고 약속을 하면 나도 너를 우리 '조선혁명군'에 받아들이겠다."

김성주는 한참을 궁리하다가 양세봉에게 말하였다.

"저도 사령관님을 모시고 그 옆에서 왜놈들과 싸우고 싶습니다만 따라온 사람들이 공산당원들이고 해서 저에게 시간을 주시면 반드시 제가 그 사람들을 따돌리고 처리를 하겠습니다. 그 사이 먼저 '조선혁명군'의 별동대로 활약을 하면 어떻겠습니까?"

"네 제안은 안 될 말이다. 나를 보아서 아니 오동진 아저씨를 보아서라도 공산당과는 바로 인연을 끊고 난 다음에 이야기를 하자. 우리 '국민부'에서 너한테 거는 기대가 얼마나 큰지 모르느냐?"

"선생님, 김학규 참모장이나 고이허 선생님 같으신 분은 절대로 저희를 받아들이지 않을 것입니다. 그러나 선생님은 저희를 이해하실 것이라고 생각하였습니다. 그래서 저희가 먼 길을 걸어 총사령관님을 직접 찾아온 것이 아닙니까? 그리고 지금은 왜놈들과 싸워 나라를 찾는 일이 시급한데 다른 분들은 저를 왜 그렇게 야박하게 대하시는지 모르겠습니다. 공산당이라는 이유 하나 때문에 총사령관님께서도 '조선혁명군' 입대도 안 되고 별동대로라도 받아들일 수 없다고 하시니, 정말 하셔도 너무 하시는 것 같습니다."

그 말에 양세봉이 화를 냈다.

"너는 하나만 알고 둘은 모르는구나. 다른 사람의 실수는 용서가 되나, 공산당이 저지른 나쁜 짓은 용서가 안 되는 이유가 있다. 너, 지금으로부터 10년 전 소련 땅에서 독립군이란 사람들이 공산당이라는 너울을 쓰고 어떤 일들을 했는지 알고는 있느냐? 같은 동족에게 총질을 하여 천여 명에 가까운 동포들이 희생되었다. 공산당 이놈들은 나라도 없고 부모형제도 없는 놈들이다. 네 말대로 민족 세력은 분파도 많고 정쟁도 많다. 그러나 사람들을 향하여 심지어 같이 피를 나눈 동포에겐 총질을 하진 않는다."

양세봉의 목소리가 높아졌다.

"말 나온 김에 또 예를 들어보자. 가령 남의 곳간에 불이나 지르고, 또 좀 잘 산다고 하는 사람을 끄집어내어 한둘쯤 잡아 팬다고 세상이 바뀌느냐? 그 뒤는 어떤 일이 생기는지 생각해 보지 못하느냐? 사람들은 증오에 눈멀고 세상은 온통 혼란에 빠질 뿐이다. 우리가 또 그런 것을 물고 늘어지는 것으로 아느냐? 공산주의자들은 도시로 가면 노동자를 선동하여 자본가와 싸우게 하고, 농촌에 와서는 농민들을 선동해서 지주와 싸우게 하고, 가정에 들어와서는 남녀평등이라 하여 여편네가 남정네한테 대들게 만드니, 이게 어디 손잡을 사람들이냐? 세상은 다 층이 있는 법이다. 그래서 질서가 있다.

네가 공산주의를 그만두겠다니까 하는 말이다만 네 밑에 사람들이 있고 아마도 너는 그들로부터 돈을 받아 부대를 꾸리었으니 당장 그만두는 것도 쉽지 않을 것이다. 그러나 이것을 명심해라, 네가 친형처럼 믿고 따랐던 이종락 그놈만 하여도 공산주의자 아니냐. 혁명군에서 중대장까지 하였던 놈이 배반하려면 제 혼자서 할 것이지 총까지 수십 정을 훔쳐 일본 놈에게 달아나지 않았더냐. 그놈을 친형처럼 따라다녔던 너를 탓하는 것이 아니다. 소련을 상전으로 모시는 놈들, 그러니까 공산당 놈들은 이렇게 소란을 일으키고 분란만 조장하는 사람들이기 때문에 우리가 싫어하는 것이다."

김성주는 그의 아버지가 살아 있을 때 양세봉을 아저씨라고 부르고 따랐으며 김형직이 죽은 후에는 학교를 보내주고 월사금을 보내주었던 은인, 일생의 꿈이었던 '조선혁명군'과 연합을 앞에 두고 양세봉 총사령관 앞에서 그의 분노에 찬 진심을 들었다. 김일성은 공산당의 도움으로 군대를 꾸렸으니 그리고 옆에서 정치부원이 보고 감시하고 있는 마당에 대놓고 공산당과 관계를 끊겠다고 할 수도 없는 입장이었다. 그런데 총사령관인 양세봉 앞에서 그가 그렇게 완강히 말하는데 공산당을 계속하겠다고 할 수도 없는 입장이었다. 양세봉은 이런 점을 훤히 꿰뚫고 있었다. 그는 김학규를 시켜 공산당과는 연합을 못 한다고 다시 한 번 못을 박았다. 그리고 '조선혁명군' 별동대라는 이름도 쓰지 못하게 하였다. 그와 직접 대화를 나누었던 참모장 김학규의 말을 들어보기로 하자.

"내가 참모장으로 있던 1932년 여름, 탕쥐우 군대와 같이 통화에 사령부를 설치하고 있을 때이다. 김일성이 무송에서 한국 공산 청년

수십 명을 데리고 부대를 꾸려 양 사령관과 나를 찾아와, 자기네도 항일을 할 터이니 '조선혁명군'으로 받아들여 주고 무기를 달라고 요구하던 생각이 난다. 양 사령관은 한편으로는 혁명동지의 아들이지만 매정하게 거절하였다. 나는 그가 이미 우리와는 적대관계에 있는 것을 알기 때문에 내버려두고 상대도 하지 않았다. 그는 별동대라는 이름이라도 쓰게 해달라고 간청하였으나 나는 그것도 무시하였다. 그들과 우리 혁명군과는 양립할 수 없다. 양 사령관도 나와 동감이었다."

당시 공산주의 조직에서는 양세봉, 현익철, 김학규를 '3대 대적'(大敵) 또는 '3대 살인영수'라고 불렀다. '조선혁명당' 고이허 당수에게 공산당이란 아주 내놓은 사람들이었다. 그때 김일성은 공산당 내에서 아주 어정쩡한 위치였다. '조선혁명군'을 이용도 못하고 이렇게 문전박대를 당하면 믿을 만한 구석은 공산당밖에 없다는 기회주의적 행태가 다시 움직였다. 김성주는 '조선혁명군'에 입대를 하든지 또는 공산당이 아니더라도 '조선혁명군'에게서 무기를 제공받아 무장할 수 있다는 것을 보여야 했다. '조선혁명군'이라는 믿음직한 동지를 얻었다는, 즉 자신의 불리한 입장을 유리하게 바꾸려던 그의 계획이 양세봉에게는 전혀 통하지 않았다. 오도가도 못 하게 된 김일성은 소득 없이 통화를 떠날 수밖에 없었다.

8) 요녕성 정부 출현과 특무사령부

1932년 8월, 마지막으로 영릉가를 탈환한 후 '혁명군 요녕성 정부'가 조직되었다. 탕쥐우가 주석이 되었다. '혁명군 요녕성 정부' 수립은 국내외에 큰 반향을 일으켰다. 일본군이 만주를 모두 점령한 것으로 알았는데 반일(反日) 무장혁명대에 의해 영릉가를 비롯한 흥경현이 점령당하였을 뿐 아니라 일본 영사관이 철수하고 중국의 요녕성 정부까지 세워졌으니 기가 막힐 노릇이었다. 그들은 양세봉에게 포상금 2만원, 최윤구를 비롯한 조선혁명군 간부 중대장들에게는 1만 원을 내걸었다.

'조선혁명당' 중앙과 '국민부'는 흥경에서 공개 활동을 할 수 있었다. 자치기관이란 팻말까지 걸어놓고 사무를 보았다. 통화에는 '요녕민중자위군' 사령부가 주둔하였다. 탕쥐우는 양세봉과 조선인 관병들의 용감한 투쟁에 감동해 연회를 베풀었다. 그는 앞서 한 연설에서 개인적으로 그동안 조선 인민에게 가졌던 오해를 진심으로 사과했다.

"… 과거 각종 원인으로 봉천 정부는 당신 조선족들을 잘 지켜주지 못하였던 것이 가슴이 아프고 또한 죄송한 마음 금치 않을 수가 없습니다. 오늘 이 자리를 빌려 저는 동변도 주둔군 사령관 및 임시 주석으로서 양 총사령과 형제들에게 진심으로 사과합니다. … 현재 일본이 동북을 침략하였습니다. 당신들의 어제가 우리들의 오늘로 되었습니다. 그러므로 우리는 고락을 같이하며 단결하고 연합하여 공동의 적을 물리칩시다. … 제가 조선혁명당과 혁명군의 지지를 받은 것은 운이 좋기 때문이고 저의 영광입니다. 당신들의 용감하고 완강하게 목숨을 걸고 싸우는 모습은 저희들을 크게 감동을 주었습니다. 우리

중·조 연합부대는 현재 하나의 단체가 되었습니다. 당신들 사업이 우리들 사업이고 우리들 사업이 곧 당신들 사업입니다. 자, 모두들 중국인과 조선인의 단합투쟁을 위하여 건배합시다."

탕쥐우 연설을 들은 양세봉은 다음과 같이 말하였다.

"… 선조 25년 일본군 20만 명이 조선을 침입하였습니다. 명나라에서는 대장 송응창, 양호, 진린 등을 파견하여 조선을 지원하였습니다. 그리고 7년이나 싸워 그들을 축출하였습니다. … 오늘 우리는 그때의 정신을 발양하여 왜놈을 물리쳐야 합니다."

탕쥐우는 대단히 기뻐하고 그 자리에서 '조선혁명군' 병사들에게 새 군복도 한 벌씩 내주었다고 한다.

여기서 독립군 편제를 보기로 하자. 양세봉이 이끄는 '조선혁명군'을 예로 들어 설명하면 편제는 구한말 군대 또는 일본군 복식을 따르고 있었다. 지금의 국군 편제와 비슷한 분대, 소대, 중대를 기본으로 하였고 병사는 장교와 부사관 그리고 병졸들로 구성되었다. 병졸은 일등병, 이등병, 상등병이라는 것은 지금 우리의 계급 구조와 다름이 없다. 부사관인 하사관은 참사, 부사, 정사 그리고 장교인 위관, 영관, 장관으로 구성되었다. 위관은 소위 계급장부터 참위, 부위, 정위로 나뉘고 영관은 참령, 부령, 정령으로 나누었다. 지휘부장이나 방면 사령관, 혹은 사장은 영관급으로 임용하였고, 그 위 직책으로는 참장, 부장, 정장이 있었다. 큰 공을 세운 사람은 참장으로 승진되기도 하였다.

'조선혁명군' 총사령은 참장 혹은 부장급에서 임명했는데, 양세봉의 경우 처음에는 참장으로 임용되었다가 부장이 되고, 그리고 나중에는 정장 계급을 받았을 것으로 추정한다.

양세봉은 김학규를 참모장으로 임명하고 한인 선전과를 증설하였고 〈합작(合作)〉이라는 조선어 신문을 발행하였다. 양세봉이 통화에 주둔하는 동안 김일성을 비롯하여 많은 조선인 무장단체들이 이곳에 집결하였다. 그는 항일에 관한 한 같은 의견이면 모두 받아들였다. 심지어 일부 한족들이 '조선혁명군' 소부대에 가입하기도 하였다. 이 같은 점은 양세봉이 민족주의라는 이름에 빠져 자신을 고립시킨 많은 반일지사와 뚜렷이 구별된다. 양세봉은 새로운 시류에 맞추어 부대를 정비하였고 부대 규모가 커짐에 따라 '조선혁명군'을 8개 단체로 재편하였다. 그리고 김학규가 이 유격대들을 관리하도록 하였다.

통화에 '조선혁명군' 특무대 사령부가 설치된 이후 '국민부' 행정조직은 왕청문과 유하현 삼원포 일대에서 활동하였다. '국민부' 성원은 양세봉의 승리에 힘입어 소규모 전투도 벌였다. 고이허 등이 4개 대대를 따로 구성하여 적을 공격하거나 때로는 자위군과 연합하였다. 한편 '조선혁명당'은 북만 '길흑특별위원회'와도 연락하였다. 양세봉은 '길흑별동대'를 파견하여 흑룡강성 주하현에 가서 민족운동을 전개하도록 하였다. 그리고 점령한 흥경, 통화지역에서 친일 조직 '보민회'를 일소하고 '조선혁명당' 당원들이 구장 향장 촌

조선혁명군 속성군관학교 유적지: 조선혁명군 속성군관학교는 양세봉이 일제와의 결전을 효과적으로 수행하기 위해 세운 것으로 주로 독립군 간부 양성 및 병사들의 훈련 장소로 삼았다. 1933년 일본군 군용기의 폭격으로 소실되었고, 현재는 대로로 바뀌었다.(사진=독립기념관)

장을 맡게 하였다.

그리고 양세봉은 소학교 의무교육을 실시하였다. 역사적으로 소학교 의무교육은 갑오경장 이래 이완용이 최초로 실시했다고 하는데 만주에서는 그야말로 우리 힘으로 자발적으로 이룩한 의무교육이었다. 따라서 만주에서 소학교 의무교육은 양세봉으로부터 시작되었다고 말할 수 있다. 통화현 강전자 '속성군관학교'는 '국민부' 주석 양하산이 교장을 맡았으나 그가 전사한 후 양세봉이 맡았다. 1개 반은 4개 대로 나누고 대마다 정·부대장을 두었다. 하루에 열 시간씩 수업하고 학제는 반년을 두었다.

'국민부'는 각지에 '지응국(支應局)'을 설립하여 주민들의 생활을 도왔다. '지응국' 운영은 공평하였
다. 예를 들면, 부대가 주둔하면 지
정된 숙식 장소에 있을 것이며 말 사
료는 기준에 정한 만큼만 사용하고
불가항력적으로 민간에 폐를 끼치
면 반드시 식권이나 현찰로 보상하
였다. 또한 '은행발행 군용유통권'
을 발행하여 병사들을 지원하였다.
그리고 자위군은 식량을 풀어 어려
운 농민을 구제하였다.

김동삼

조선인 군병들은 어디에서나 환영을 받았다. 이제 조선인은 일제
만주 침략의 첨병이 아니었다. 조선인 병사라는 것이 자랑스러웠다.
나라를 잃은 조선인들이 그들을 바라보는 것은 자존심이었고 기
쁨이 되었다. 길을 닦을 때 조선인들은 자발적으로 협조하였다. 치
열한 전투 뒤에 보여준 세상, 그것은 매우 한정적이기 하지만 적어
도 겉으로는 평안하였다.

그것을 바라보는 양세봉의 마음 한편에는 슬픈 감정도 없지 않
았다. 죽은 딸에 대한 생각, 그리고 일송 김동삼 선생이 작년(1931
년)에 잡혀갔고 올해는 석주 선생이 돌아가셨다. 두 분 모두 개인적
으로는 양세봉에게 잊을 수 없는 기억을 남겨주셨다. 그가 군대를
이끌고 '정의부'를 찾아왔을 때 먼저 반겨 주시던 분이 일송이었다.
그리고 석주 선생과는 '서로군정서' 일로 댁으로 자주 찾아갔다. 그

때 어리게만 보았던 아이가 안쓰러워 손을 잡아주곤 하였던 기억이
났다. 석주 이상룡의 손부 허은이 시집온 지 얼마 안 될 때였으니
햇수로는 20년대 중반쯤 되었을까. 그녀는 아직도 10대였을 것이
다. 어린 그녀에게 대갓집 종부로서 큰 식솔을 거느리는 것이 보통
일은 아니었을 것이다.

일송, 석주 큰 어른 두 분이 일 년 터울로 모두 안 계신다고 생각
하니 양세봉은 독립운동의 진로가 때로는 암담하였다. 그리고 보
니 손정도 목사도 길림에서 유명을 달리한 것이 작년(1931년) 봄이
고 김좌진 장군까지 돌아가신 것은 재작년(1930년) 1월이었다. 네
분 모두 안 계시는 부담은 양세봉에게 동변도 지역을 잘 맡아서 끌
고 가야 한다는 책임감으로 작용했다. 거기에 개인적으로는 귀녀까
지 유명을 달리하였다. 개인적인 슬픔을 딛고 일어서자.

양세봉은 며칠 전 '국민부' 회의에서 토론했던 일을 생각했다. 사
실 식민통치 아래서의 독립운동 중 가장 바람직한 투쟁은 민족 주
체의 통일 국가일 것이나 지금은 국제정세가 바뀌었다. 그리고 새로
운 이념들이 탄생하고 있다. 그러나 이념이라는 것은 피를 나눈 '민
족'이라는 대 전제 앞에서는 신기루 같은 것이다, 아무것도 중요한
것이 아니다.

지난여름 성주가 '조선혁명군'에 입대하겠다고 왔을 때도 양세봉
은 그가 공산주의로부터 전향하지 않자 한 번 만나고는 두 번 다시
받아들이지 않았다. 그리고 김학규를 시켜 자기 대신 만나게 하는
등 사뭇 냉랭하게 대하였다. 김학규 또한 그들의 마적 같은 생활에

적대감을 노골적으로 표현하였다. 그리고 양세봉은 김성주 일행이 떠나기 전 마지막으로 군병 앞에서 하는 연설에서 공산당이라는 이야기가 나오자 무관심을 넘어 분노하였다. 청산리전투 이후 독립군의 연합세력을 이루고자 합류한 소련의 자유시에서 많은 수의 독립군들이 희생된 것이나 김좌진 장군이 피살된 것도 모두 '조선공산당' 소행이고 그들이

김좌진

과연 조국 독립을 위해 싸우고 있는 거냐고 되묻기까지 하였다.

민족 앞에서 이념은 허상이다. 그러나 같은 민족이며 그 나이에 군사를 일으킨 성주에게 자신은 매정하게 대했다. 그렇게까지 매정하게 대할 필요가 있었을까 회한이 일었다. 더구나 성주는 이제 갓 스물을 넘긴 젊은이이고 그만큼 경험이 없다. 또한 동생의 아들 곧 조카가 아닌가. 아우인 형직은 죽었지만 그의 아들은 일제의 식민지배에 대항하여 군사를 일으켰다. 비록 공산당의 힘을 빌었지만 말이다. 하여튼 김성주는 처음에는 '조선혁명군' 일원으로, 나아가서 양세봉과 인연을 과시하며 '조선혁명군'으로부터 도움을 받겠다는 목표를 세웠지만 이루지 못하고 아무런 성과 없이 떠날 수밖에 없었다.

제3부
만주와 국내에서 **항일투쟁**

제3부 만주와 국내에서 항일투쟁

1) 조선 국내와 압록강 연안에서 항일투쟁

양세봉은 잊지 않고 평안남북도, 함경남북도, 강원도, 경상남북도에 무장부대를 보내 국경선 일본군 수비대나 후방기지, 경찰분서와 파출소를 습격하였다. 또 부하들을 국내로 파견하여 친일파를 처단하고 군자금을 마련하였다. 그리고 림강현 모이산에 있는 압록강 재목회사 직원들에게 반일사상을 주입하여 일을 못하게 하였다. 1932년 7월 8일에는 압록강을 건너 강계, 후창 등을 급습하였다. 〈홍콩 화우일보〉의 "한국 경내에서 동북의용군의 전투상황"에 기록된 보고문을 보면 '조선혁명군'은 영릉가 전투를 승전으로 마무리하고도 쉼이 없었다.

요동자위군 탕쥐우의 14일 전보문에 의하면 림강 집안 장백 각 현의 연합군이 압록강을 건너가 11일에 자성을 12일에는 삼수 후창을 점령하였다. 일군은 모아산 부근에서 사상자 30여 명, 후창에서 사상자 근 100명을 내었다. 13일 연합군이 강계를 포위하려고 하는데 조선총독부에서 긴급 파견한 제3사단 일부가 강계에 이미 도착하여 연합군과 격전을 벌이고 있다.

한쪽의 발표로 정확한 실상을 알 수 없지만 모아산과 후창에서 130명의 사상이라면 일군의 피해가 적지 않았을 것이다. 그 외에도 1932년 8월 '조선혁명군'은 백두산 동북쪽 안도에서 압록강을 건너 일본파출소를 습격하고, 백마량이나 양강도 삼수군에 있는 일군을 공격하였다. 당시 일본 측이 작성한 '최근 조선의 치안상황'에는 다음과 같은 내용이 기록되어 있다.

1932년 이른바 압록강변의 무장 침입은 16차, 101명이었다. … 조선혁명군 중대장 변낙규는 양세봉의 지시를 받고 20여 명의 병사를 거느리고 조선 국내에 들어가 군자금을 모으고 항일 병력을 모집하는 등 불량한 활동을 하였다. … 1933년 2월 변낙규는 평안남도 덕천에서 체포되었다.

양세봉이 파견한 이선룡이 일본 관원에게 체포되어 끌려가는 모습을 보도한 〈동아일보〉

한편 리선룡은 1932년 역시 양세봉의 명령으로 소부대를 이끌고 조선동일은행 장호원 지점에 들어가 권총을 빼들고 위협하며 우리는 만주에서 건너온 '조선혁명군'인데 돈을 내놓으라고 호통을 쳐 12,175원을 빼앗아 갔다. 그리고 강원도 원주군에서 경찰과 조우하여 4월 4일 체포되었다. 이해 9월 '조선혁명대' 리영걸 부대는 자위군 대도회와 연합하여 초산경찰서 수비대와 교전하였다.

독립군은 자유시참변으로 항일투쟁에서 큰 타격을 받았다. '흑하사변'이라 불리는 자유시참변은 1921년 6월 러시아 동북부 스보보드니(자유시)에서 일어났다. 공산 러시아군은 왕당파 백계 러시아군을 몰아낼 목적이었지만 독립군은 독립군대로 여러 갈래로 갈려진 부대를 하나로 연합하려는 목적으로 자유시로 모여들었다. 하지만 주도권 싸움으로 말미암아 한인 독립군 부대끼리 무장해제를 요구하며 서로 총을 쏘고 공격하였다. 이러한 독립군 간의 참극으로 사망 272명, 익사 31명, 행방불명 250명, 포로 917명 등 치명적인 피해를 입었다. 하지만 서로간의 총부림을 한 자유시참변을 극복하고 1922년 '통의부' 설립, 이듬해 '참의부' 결성, 1924년 길림에서 '정의부'를 조직하였다. 드디어 3부를 통합한 '국민부'가 1929년 설립되고 '조선혁명군'이 창군되었다.

한일병합 후 중국의 일본에 대한 유화적 자세는 임시정부를 비롯한 한인 독립운동단체 활동에 큰 영향을 끼쳤다. 중국 정부는 일본을 의식하여 공식적으로는 한인 독립운동단체의 대일활동을 제한하였다. 그러나 9·18사변 이후 민족정신을 되찾은 중국인의 자세가 달라졌다. 이것은 3·1운동 이후 외교투쟁에 식상하고 무장투쟁을 천명한 만주의 사정과 잘 맞아 떨어졌다. 따라서 만주에서 무장 항일투쟁은 3·1운동 전 상해 임정이 말하는 외교주의나 민족개량주의와 거리가 멀었다. 이제는 무장투쟁이다.

2) 청원 공격전, 가족과 만남

1932년 8월 양세봉은 청원현 성 공략 계획을 세웠다. 사실은 양시봉과 함께 작년부터 세운 계획이었으나 올해 들어서 영릉가 싸움, 아들 양의준의 출생 등 바쁜일이 많아서 그동안 밀어두었던 일이었다. 그러나 이제 한껏 고양된 사기를 몰아 청원현을 공격하려고 한 것이다. 양세봉은 동생 양시봉을 비밀리 불러 청원현 성에 있는 일만군(日滿軍)의 배치, 화력, 지형, 지도를 면밀히 파악하도록 부탁하였다. 양시봉은 일만군의 눈을 피해 성을 김씨로 바꾸고 윤성이라는 가명을 썼다. 그는 군사정보를 수집하기 위해 한 달 전부터 청원현 성에서 방을 얻어 막내 정봉이와 함께 몰래 살았다.

또 하나 그리운 얼굴, 재순이 왔다. 그녀는 새로 낳은 아들을 강보에 싸서 왔다. 귀녀를 잃은 슬픔을 달래고자 하는 마음이 밑바닥에 있었다. 재순은 양세봉에게 대를 이을 자식을 보여주고 또 아기에게는 아버지 모습을 보여주고 싶었는데 마침 시봉 삼촌이 간다고 하여 따라온 것이다. 그녀는 걸어서 일주일이 넘는 먼 거리에도 불구하고 아이 아버지를 보겠다는 마음으로 걸어왔다. 그녀의 목소리가 밝았다. 마치 어머니로서 도리를 다했다는 느낌이었다.

양세봉과 윤재순, 두 사람은 아무 말도 하지 않았다. 양세봉은 재순에 대한 고마움이 새삼 앞섰다. 그리고 하나의 생명을 보고 눈시울이 뜨거워졌다. 아이는 강보 안에서 새근새근 자고 있었다. 어렵지만 자신이 선택한 세계, 자신의 핏줄을 갖고 태어난 아이이다. 윤재순도 양세봉도, 그 누구도 귀녀의 이야기를 꺼내지 않았다. 아니 알면서도 피하였다는 것이 맞는 말이다. 죽음을 이고 사는 삶에서 입에 담기 어려운 말은 가급적 하지 않는 것이 도리였다.

양세봉은 아이와 재순을 사흘 만에 소산성자 집으로 돌려보냈다. 그들을 보호하여야 했다. 여기서 지체하였다가는 일본군의 눈에 띄고 말 것이다. 어지러운 세상, 나 혼자만이 아닌 석주, 오동진, 김동삼 선생이 모두 어려운 시절을 살았었다. 지금쯤 집에서는 동생 원봉이 형수와 조카가 돌아올 동리 입구만을 쳐다보고 있을 것이다. 또 공성전에 직접 참가하는 시봉과 막냇동생 정봉에 대한 걱정으로 초조한 마음을 계속 부여잡고 있을 것이다. 양세봉은 소산성자 집에서도 이사를 해야겠다고 생각하였다.

둘째 원봉은 특히 막내 정봉과 사이가 좋았다. 그는 정봉의 학자금 모두를 책임졌다. 정봉은 청원현 성 공격전을 준비하는 도중 '조선혁명군'에 입대하였다. 한편 비행기 폭격을 맞은 시봉의 부인 김화순도 병상에서 일어나 앉았다. 그녀는 남편 시봉과 함께 청원현 성 공성전에 참가하였다. 다리에서 파편도 빼지 않은 채였다. 어쩌면 귀녀가 죽고 혼자 살아남은 미안함을 이렇게 표시하는 지도

몰랐다. 그녀는 걸어오는 길에 흘리는 피가 멎지 않아 통화의 자위
군 사무실까지 와서 지혈하였었다.

8월 20일 마침내 청원현 성을 공격하였다. 공격조가 세 갈래로
나누어 양세봉이 일러준 대로 진격하였다. 전투는 치열하였다. 혁명
군 특무대에서는 조화선이 분전하였다. 전투가 시작되고 사흘 뒤
자위대와 '조선특무대'가 일만군을 구석으로 몰아넣는 데 성공하
였다. 그러나 양세봉이 가장 염려한 일이 벌어졌다. 적군의 지원병이
온 것이다. 더군다나 장갑차와 비행기까지 동원하였다. 순식간에
전세가 바뀌어 '조선특무대' 30여 명이 전사하였다. 자위군 피해는
그보다 많았다.

양세봉은 마지막 순간에 청원현 성 점령을 포기하였다. 그는 눈
물을 머금고 철수 명령을 내렸다. 성은 이대로 밀면 점령할 수 있으
나 지키는 것이 어렵다. 장갑차와 비행기까지 동원할 정도라면 그
들은 다시 온다. 이기는 것보다 병사들 목숨을 보존하는 것이 중요
하다. 물러서는 것도 용기이다. 그는 정규군과 전투 즉, 일회성 대회
전과 유격전이 다르다는 것을 절감하였다. 일군과 위만군이 진지전
을 준비하고 지원군을 받아 전열을 재정비하는 것을 보면 분명히
차이가 있었다. 재빠른 기동력에 치고 빠지며 유인, 섬멸하는 전술
은 우리가 한 수 위였으나 이번 전투는 진지전이었다. 적들은 거점
을 정하고 몇 곳이 무너지면 곧바로 화력을 집중하였다.

양세봉의 순발력과 결단성은 이러한 순간에 더욱 빛났다. 남만
주 조선인과 부하들은 그에게 '군신(軍神)'이라는 칭호를 붙여주었

다. 양세봉은 현성은 포기하되 철도 연변에서 투쟁을 계속하는 것으로 작전을 바꾸었다. 철도선을 집중적으로 공격하자는 것은 이유가 있었다. 귀중한 병사들 목숨을 지킬 수 있고 적의 전략에 구멍을 낼 수 있기 때문이다. 만주에서 일본군의 작전, 부대 이동, 군수품 공급은 모두 철도를 중심으로 이루어졌다. 그들은 철도를 축으로 하고 도로를 고리로 하며, 거점과 요새를 자물쇠로 하고 도랑과 담 벽을 보조적 봉쇄 수단으로 하는 작전을 펼쳤다. 즉 그들은 점령지에서 뻗어 들어가는 그물 형태로 항일 근거지를 분할하며 봉쇄하였다.

3) 윤희순, 그리고 철도 연변 투쟁

양세봉이 윤희순이 조직한 '조선독립단'과 연합한 것도 그즈음이다. 춘천에서 여성 의병장으로 활약한 윤희순은 1911년 가족들과 만주로 망명해 독립운동을 전개하였다. 1920년에는 가족 친척들과 함께 '조선독립단'을 결성하고 무순 지역에서 활동하였다. 1932년 9월 양세봉은 '조선독립단'과 연합하여 무순을 지나는 일본군 철도 운송선을 습격하였다. 윤희순은 72세의 노구임에도 말 먹일 풀과 군인 식사를 제공하고 부상자를 치료하는 일을 맡았다. 윤희순의 아들 유돈상은 직접 전투에 참가하였다.

철도 연변 투쟁으로 안동에서 봉천을 잇는 철도가 파괴되어 관동군에게 병력 재배치나 군수물자 운송 차질 등 타격을 주었다. 철

도 노선을 유지 관리하던 당시 일본
군은 연락문을 돌렸다.

윤희순

1. 객차에 덮개가 없으면 그 안에 총
   알을 막는 진흙을 쌓을 것.
2. 작은 기차역은 통신연락부를 마련
   하고 매 시간 보고를 할 것.
3. 각 역의 직원들은 무장할 것.
4. 중간 역에는 장갑차를 배치하고
   다리마다 야간조명등을 설치할
   것.
5. 주요 역 사이에 응급열차를 준비
   하며 상황에 따라 구원부와 수리부를 둔다.

일제는 바로 다음날부터 양세봉을 잡는다는 명분 아래 동네마다
담과 기지를 다시 쌓았다. 그리고 기차 선로를 파괴하였다는 이유
로 많은 조선인을 학살하였다.

한편 '조선혁명군'이 주민들에게 보호를 받자 일제는 이들의 관계
를 차단하기 위하여 외따로 떨어져 있는 마을을 불사르고 주민들
을 강제로 한데 모아 큰 부락을 만들었다. 마을에 정방형이나 장방
형으로 토성을 쌓고 그 위에 철조망을 쳤으며 토성 네 귀에는 포대
까지 쌓았다. 그 곳에는 부대가 주둔하고 외부로 나가는 주민들에
게는 '외출증'을 발급하였다. 마을은 치안구역, 준 치안구역, 비 치
안구역 세 곳으로 나누었다. 소위 준 치안구역이나 비 치안구역에

는 집단부락 체제를 강화하였다. 비 치안구역은 기본적으로 소탕을 위주로 하여 자위군과 '조선혁명군'에게 큰 타격을 주었다. 즉 일본군의 집단부락 작전은 '조선혁명군'의 활동 범위를 축소시켰으며 각 지역 간의 연락도 어렵게 하였다.

4) 서진 원정 그리고 무순 공방전, 그 외 전투

1932년 9월 양세봉은 서쪽으로 원정을 떠났다. 심양에서 무순, 봉성을 거쳐 안동을 지나 통화로 돌아오는 길이었다. 원정 중 9·18사변 일 주년을 맞이해 자위군과 연합하여 무순을 공격하였다. 하지만 지리에 어둡고 만나기로 한 작전 시간이 맞지 않아 실패하였다. 원정을 함께 떠난 이춘윤이 중국군과 조선인 부대의 합작을 주장하였다. 양세봉은 기뻤다. 그는 마치 또 다른 양세봉이었다.

한편 양세봉이 서쪽 원정을 나갔을 때 '조선특무대'와 자위군이 유하현 삼원포를 공략하였다. 삼원포는 이회영 선생을 비롯하여 석주 이상룡 그리고 김동삼 선생이 몸을 담았던 곳이다. 최윤구와 박대호가 자위군과 함께 환인현과 관전현 경계에 있는 우모오를 먼저 공격하였다. 이들은 4주 간 치열한 전투에서 일본군과 위만군에 심대한 타격을 주었다. 적들은 삼원포 이외에 빼앗긴 통화를 되찾기 위해 남과 북에서 협공하였다. 즉 중간 부대가 압록강을 건너 조선 땅에서 도하하여 통화로 직접 진격하는 길을 택하였다. 그 때 참모장 김학규가 이들의 계획을 미리 파악하여 도강지인 만포진에서 건설하는 부교에 화약을 설치하고 적들이 강 건너 중간쯤 왔을 때 부교를 폭파시키는 작전을 구사하였다. 그리고 남은 병사들이 도하하는 일군을 집중 공격하여 통화를 지켜낼 수 있었다.

양세봉이 원정을 나갔던 사이 '조선혁명군'은 크고 작은 전투에서 열심히 싸웠고 자기 책임을 다하였다. 언제 끝날지 모르는 전투에서는 길게 끄는 끈기가 필요했다. 유격전에서는 발각되지 않고 전투에서 지지만 않으면 그것은 이긴 싸움이었다. 양세봉은 모든 것을 간파하고 있었다. 봉천 근처 팔도강을 순순히 내준 것은 유격대로서 목숨을 걸 만한 가치 있는 전투가 아니었기 때문에 대신 통화에 집중하였다. 통화를 탈환하지 못한 일본은 기관총은 물론 대포와 비행기까지 동원하였다. '요녕민중자위군'은 애국심에 기반을 둔 민중이 중심되었다고 하나 화력 상 일본군에 비해 절대적으로 열세였다. 또한 의용군이나 자위군은 군사를 모으기 쉬웠으나 일본 정규군같이 일사불란한 명령체계를 갖추기 어려웠다. 근거지를 가지고 하는 정규전과는 완전히 다른 싸움이었다. 자위군이 정규군과 비교해 조직상 문제가 있다는 것을 간파한 일본이 그 점을 노리고 쳐들어왔다.

5) 통화를 다시 빼앗기고 자위군 해산

1932년 10월 11일 일본군과 위만군 3만 병력이 세 갈래로 나누어 '요녕민중자위군'을 향해 빼앗긴 통화 및 동변도를 다시 찾고자 총공세를 하였다. 일본군은 조선에서 온 부대까지 참가시켜 대대적인 작전을 벌였다. '요녕민중자위군'은 적의 진공에 맞섰지만 부대별로 나뉘어져 응집된 힘을 발휘하지 못하였다. 더구나 탕쥐우는 주요 병력을 서부의 장학량 부대로 이동하였다. 동서 양 방면에서 협공하기 위해서였다.

동변도가 비어 있다는 것은 일본군과 위만군에게 절호의 기회였다. 적들은 뇌격전으로 시간을 머뭇대지 않고 통화를 되차지하고자 비행기까지 동원하였다. 적들은 '요녕민중자위군' 대부대가 뭉치기 전에 끝장내고자 10월 13일 통화 시내에서 30Km 떨어져 있는 오도강까지 진격하였다. 박대호, 최윤구가 분전하였으나 일본군의 현대화 무기 앞에서는 역부족이었다. '요녕민중자위군'의 전술은 실패하였고 그것은 재래식 무기로 무장한 의용군의 한계였다.

대패를 한 탕쥐우는 군사회의를 소집하여 '요녕민중자위군'의 진로에 대해 토의하였다. 참석자들은 자위군 총사령부를 몽강현으로 이동하기로 하였다.

1932년 10월 14일 자위군은 결국 통화에서 철수하였다. 그러나 '조선특무대'는 최후까지 전투를 벌였다. 일부는 관내로 들어가 서부에 있는 동북군과 합세하거나 현지에서 투쟁을 계속하자고 주장하였다. 하지만 3만이 넘는 일본군을 향해 싸우는 것은 계란으로 바위 치기 격이었다. 마침 장학량이 탕쥐우를 부르자 그는 관내 열하에 들어가 항전하기로 하였다. 남은 자위군도 열하로 이동해 12

월경 장개석의 국민당군으로 편성되었다. [1]

'요녕민중자위군'이 철수한 뒤에 '조선혁명군'과 철수하지 못한 일부 자위군은 동변도에서 항쟁을 계속했다. 그러나 이들도 일본군과 위만군의 추격을 피해 장백산 산속 깊은 곳으로 철수하였다. '요녕민중자위군'이 붕괴된 것이다. 양세봉이 분전한 흥경현 성 또한 적들에게 점령되었다. 이들은 점령지역을 자기 영토로 여기고 식민지 정책을 펴나갈 것이다. 이춘윤은 중국 관내로 철수하지 않고 몽강현으로 떠나며 계속 싸우기를 원하는 병사는 '조선혁명군'에 편입시키기로 하였다. 양세봉과 정이 들 대로 든 이춘윤은 부대 해산하기 전 눈물을 글썽거리며 양세봉을 바라보았다. 그리고 전체 관병들에게 말했다.

"우리가 거사하여 투쟁한 지 벌써 팔 개월이 지났습니다. 우리는 거의 매일 적들과 혈전을 벌여 왔습니다. 동지들은 포화 속에서도 굴하지 않고 목숨을 다해 적군과 싸웠는데 이것이야 말로 진정한 애국정신이라 할 수 있을 것 입니다. 매일 적군에게 큰 손실을 입혔지만 적군은 물러가지 않고 오히려 각 곳의 일본군과 위만군을 출동시켜 우리를 더 괴롭히고 있습니다. 일본군 때문에 그토록 큰 손해를 입었는데 앞으로 얼마나 더 큰 희생을 치러야 하는지 묻고 싶습니다. 일본의 야심은 끝이 없습니다. 이 점에 대해서는 조선인 형제들은 저보다 더 잘 알고 있을 것입니다.

---

1) 열하는 나중에 '간도특설대'가 설립된 곳이다. 그들은 조선인만을 징집 대상으로 하였다가 나중에는 자원입대를 원칙으로 하였다. 그래서 〈민족문제연구소〉는 '간도특설대' 출신이라면 장교와 병졸을 무시하고 친일인명사전에 등재하였다.

우리가 나라를 위해 목숨을 바친다면 청사에 길이 남을 것이고, 죽더라도 이보다 더 큰 영광은 없을 것입니다. 현재 상황으로 보아 우리는 군대를 두 갈래로 나누어 한 갈래는 저를 따르고 또 한 갈래는 양세봉 사령관을 따라 동부 왕청문 일대로 가기로 하였습니다. 각자 자신이 갈 방향을 선택해 주시기 바랍니다. 우리는 반드시 승리할 것입니다. 조선인과 중국인은 단합하여 일본제국주의를 타도해야 합니다."

부대 해산 선언이었다. 여기에 양세봉도 이춘윤과 마찬가지로 눈물을 머금고 입을 열었다.

친애하는 관병 여러분.
9·18사변 이후 중국인과 조선인의 항일투쟁은 새로운 단계로 들어섰습니다. 지금이 바로 침략에 반대하고 억압받고 있는 모든 민족과 민주국가가 잔혹하게 침략을 감행하고 있는 일본 파쇼 폭도들과 생사를 건 최후의 투쟁을 벌여야 할 시기인 것입니다. 아시아의 자유와 평화, 민주, 행복의 문화가 영원히 보존될 것인지 아니면 이대로 소멸될 것인지 하는 기로에 서 있습니다. 중국은 침략에 대항하고 있는 동방의 맹주로서 중국의 항전이 승리해야만 조선을 포함한 피압박 인민도 해방의 기회를 얻게 되어 조선의 독립을 쟁취할 수 있을 것입니다. 탕 총사령관과 리 사령관의 항전은 우리 조선민중들에게 큰 고무와 격려가 되었습니다. 20여년 망국의 역사를 갖고 있는 조선민족으로서 중국의 항전에 참가하여…"

양세봉은 여기까지 말하는데 갑자기 목에서 뜨거운 것이 올라왔다. 과거 6개월 간의 일들이 눈앞에 떠올랐다. 감정을 자제하기가 어려웠다. 나라가 망하고 이제 남의 나라까지 와서 총을 들고 싸웠던 지난날이 주마등처럼 지나갔다. 그리고 조국의 광복을 보지 못하고 이역만리에서 눈을 감은 석주 선생 모습이 스치었다. 그러나 여기서 눈물을 보일 수는 없었다.

　"⋯ 여러분과 같이 동변도 20여 개의 화선을 넘나들며 8개월 간 전투를 벌여왔습니다. 저는 당연히 모든 조선 인민을 대표하여 용맹한 중국 장병들 특히 우리 자위군 친구들에게 경의를 표시하는 바입니다. 그리고 순국열사들에게 심심한 애도를 보냅니다."

양세봉은 장병들 얼굴을 하나하나 훑어보았다. 모두들 최선을 다하여 싸웠다. 그곳에는 평범하지만 위대한 얼굴들이 있었다. 그렇다. 스스로 운명을 만들어내지 못한다면 그것은 노예의 삶일 뿐이다. 노예로서의 삶을 부정한 사람들이 그곳에 있었다. 길들여진 땅에는 길들여진 삶밖에 남은 것이 없다.

우수하면 지배해도 되고 강하면 다스려도 된다는 왜놈들 논리의 연장선에는 우리 근대사 이래 식민통치 이데올로기였던 근대화론과 맞닿아 있었다. 그 단초는 외교주의, 민족개량주의에 있었다. 그러고 보면 그 실마리를 제공한 사람들은 참으로 용서할 수 없이 나쁜 사람들이다. 그들은 우리 민족 스스로 국가를 통치할 능력이 없기에 일본에 위임한 식민통치를 그대로 수용하여야 한다고 말하면서 강대국의 동정을 바랐다. 또 어떤 이는 일본 대신 미국에 위임 정치를 부탁하고 있었다. 그래서 석주 선생이 임시정부를 뛰쳐나온 것이 아닌가. 또 그들은 교육과 계몽에 힘써서 스스로의 힘을 길러야 한다고 생각하였다. 심지어 어떤 사람은 독립운동을 시대착오적 행위로 비판하였다. 자기들이 노예와 같은 삶을 살고 있는데도 그 것을 모르고 있었다. 어쭙잖은 지식인의 악질 행위는 배우지 못한 자가 악질 행위를 하는 것보다 훨씬 더 무서운 것이다.

양세봉, 그는 신체가 짓는 허물은 용서할 수 있으나 식민주의를 옹호하는 생각의 허물은 용서할 수 없었다. 그리고 그는 자신의 뿌리를 망각하고 세상과 담을 쌓은 채 스스로를 복벽이나 공화정 또는 공산주의라는 이념 속에 가두고 스스로가 도취되는 그런 투쟁과는 다른, 민족에 대한 애정을 가지고 민족을 대상으로 한 남다른 투쟁을 이어 나갔다. 스스로 뜻에 따라 노예가 되기를 거부한 사람들, 그들과 피부를 맞대고 호흡을 함께 하는 교감 속에서 양세봉은 진정한 행복을 맛보았던 것이다. 그의 역정에는 작게는 자기 존재의 확인을 위한 한 생명의 치열한 몸부림이 있었고 크게는 민족해방의 역사와 아시아 반제국주의 투쟁의 역사가 깃들어 있었다.

"… 이제 우리는 하나입니다. 그들 일본이 아무리 조·중 국민들을 분리시키고 이간질시키더라도 우리는 속으면 아니 됩니다. 중국과 조선은 예로부터 친한 이웃입니다. … 우리는 모든 반일 역량을 한데 모아 끝까지 항전하여 승리를 쟁취하여야 합니다. 이것이 지난 8개월 간 획득한 영광스러운 전적을 확대하는 길입니다. … 죽음을 겁내지 않는 결심만 있다면 어떤 어려움도 이겨낼 수 있습니다. 동지들, 그럼 승리하는 날 우리 다시 만납시다."

그날 저녁, 지난 8개월 동안 생사를 같이 하였던 이춘윤이 부대를 이끌고 안봉 철도를 넘어 안동 쪽으로 남하하였다. 모두가 눈물을 흘렸다. 그는 1933년 8월 항일전쟁에서 중상을 입은 후 산동성 연태에서 영원히 눈을 감았다.

6) 이회영 선생의 친서, 만남의 불발

우당 이회영

양세봉은 그 와중에 우당 이회영에게서 편지를 받았다. 그가 긴히 할 이야기가 있어 이곳 왕청문에 온다는 이야기였다. 양세봉은 막냇동생 정봉을 대련에 보내 맞이하도록 하였으나 선생은 상해에서 오는 배 안에서 체포되었다. 70을 바라보는 노구로 이번이 아마 마지막 여행이 될 터인 선생이 코앞에서 잡혔다는 소식에 양정봉의 눈은 절망으로 휘둥그레졌다.

우당은 삼한갑족의 자제로서 평생을 독립운동에 매진하였다. 사재를 털어 〈신흥무관학교〉를 설립하고 〈다물단〉을 결성하는 등 무장 항일투쟁에 앞장섰다. 그는 외교투쟁과는 달리 줄곧 무장투쟁을 주장하여 상해 임시정부와 불편한 관계에 놓이기도 하였다. 만주의 무장투쟁은 사실 그에게서 시작된 것이나 다름없었다. 양

백서농장

세봉과는 '통의부'와 '정의부' 시절 내왕이 있었고, '조선혁명군'과 '국민부' 시절에는 선생이 편지를 보내 격려할 정도로 가까웠다. 양세봉은 깊은 생각에 잠겼다. 그는 양정봉이 전하는 말을 듣고 눈물을 머금으며 철수 명령을 내렸다.

우당 육형제는 모두 독립운동에 헌신하였다. 그런데 우당 이회영 선생의 여정을 밀고한 이가 둘째 이석영의 아들인 이규서, 곧 그의 친 조카이었다고 하니 기가 막힐 노릇이었다. 같은 동포, 아니 친조카가 어찌 삼촌을 밀고할 수 있으랴. 그러나 그 또한 총독부의 밀정 짓을 하였으니 엄혹하고 힘든 세상이었다. 그들은 피를 나눈 가족 간에도 구별이 없었다. 왜놈의 사냥개는 많기도 하였다.

이석영은 〈신흥무관학교〉를 세우는 데 그 많던 재산을 바치고는 나중에 상해 빈민굴에 살았다. 끼니조차 잇기가 어려웠다. 그러나 동생 이회영에게는 아쉽다는 말 한마디도 하지 않았다. 그래서인지 이회영은 둘째 형 앞에서 항시 미안함과 함께 죄스러움을 느꼈다. 마침 상해에서 윤봉길 의사의 상해공원 폭탄 투척 의거를 목격한 이회영은 일흔이 넘은 형님에게 마지막 작별 인사를 하러 찾아갔던 것이 화근이 되었다. 삼촌을 밀고한 이규서는 김구에 의해 제거될 주적으로 추적을 받고 결국 백정기 의사에 의해 처단되었다.

그때 이회영 선생이 무사히 이곳 동변도 흥경에 오셨더라면 어찌 되었을까. 윤봉길 의사의 상하이 의거에 감명 받은 선생은, 이와 유사한 대 사건을 만주 '조선혁명군'에서 다시 한 번 할 수 있다고 믿은 것이리라. 선생이 양세봉을 만나자고 한 목적은 만주에서 '조선혁명군'을 교두보로 관동군 사령관을 폭살하자는 것이 아니었을까. 그래서 상하이에서 북경으로 가는 대신 동변도에 오려고 했던 것이 아니었을까. 아마도 이회영 선생의 꿈은 양세봉 휘하 '조선혁명군' 병사들과 함께 만주를 중심으로 거병하고 그곳으로부터 출발하여 삼천리 내 나라로 진군해 들어가는 것이었는지도 모른다.

양세봉은 한없는 상념에 빠졌다.

제4부

조선혁명군, 다시 일어서다

제4부 조선혁명군, 다시 일어서다

1) 양세봉의 회고

왕동헌과 연합하여 '요녕농민자위군'을 결성하여 일군과 맞서고 나중에 탕쥐우의 '요녕민중자위군'과 합류하였다. 흥경현을 되찾았고 통화로 수도를 옮겼으며 다시 잃었다. 그리고 왜놈들 공세로 대패하여 끝내 탕쥐우의 '요녕민중자위군'이 해산되고 삼 개월이 지나 '조선혁명군'만 남았다. 그 사이 왕동헌은 일본군의 포로가 되었다. 대군이 싸움에 지면 이런 것이다. 그러나 되돌아보면 의미 있는 변화도 있었다. 조·중 인민이 처음으로 연합전선을 결성하여 공동으로 항일운동을 하였고, 장학량의 동북군이 민족정신에 눈을 뜨게 되었다.

한편 중국 공산당 세력은 날로 강대해지고 있었다. 따라서 독립운동은 어디와 어떻게 연합하느냐는 새로운 단계로 접어들었다. 이제 와서 민족주의만을 주장하는 것은 보기에 아름다우나 생명력이 없다. 독립운동만큼은 조국이 광복되는 날까지 계속되어야 한다. 새로운 시대 조류 앞에서 독립운동의 생존과 방향을 결정짓는 중차대한 문제였다.

양세봉에게는 집안 식구와 재순의 바람대로 대를 이을 새 생명이 태어났다. 이름을 지어달라고 하여 양세봉은 의준이라 지었다. 양의준! 새로 태어난 생명. 양세봉 개인적으로는 새로 태어난 아이, 양의준, 어머니 말대로 자기의 대를 이을 아들이라고 하였다. 그 전에는 귀녀가 일본군의 폭격으로 죽었다. 삶과 죽음이 모두 하나였다.

언제 죽을지 모르는 아들을 두고 어머니는 말은 못하고 그동안 딸만 낳은 며느리에게 하는 소리가 많았을 것이다. 실제로 세봉이 집에 오면 어머니는 마치 죽은 자식이 다시 살아온 것처럼 반겼다. 혁명가에게 가족이란 떼어버릴 혹이라 하여도 양세봉같이 죽음을 머리에 이고 사는 사람들에게 가족은 언제나 간절하였다. 재순이 새로 태어난 아기를 안고 시봉과 함께 먼 길을 온 것은 남편의 기를 살려주는 것이 목적이었겠지만 사실은 언제 죽을지 모르는 남편의 운명을 고려했던 것이 아니었을까. 나중에 알고 보면 이때의 만남이 그들 인생에서 마지막이 되었지만 그때는 몰랐다. 결과적으로 재순이 아이를 데려온 것은 옳은 판단이었다.

죽은 귀녀를 데리고 마실 나섰던 시봉 처의 마음도 이젠 조금 가라앉았으리라. 그녀는 같이 나가서 자기만 살았다는 죄의식으로 지금껏 살아왔을 것이다. 그래서 청원 현성 공격전에 참여하기 위해 남편을 따라온 것이 아닐까. 죽으면 귀녀를 따라가는 것이다. 다리에 박힌 파편 조각을 지금도 갖고 있을 것이다. 다음에 만날 때는 파편 조각을 먼저 빼라고 말해야겠다. 작년에 귀녀가 죽고 나서 양시봉과 그의 부인 곧 제수씨는 한시라도 마음이 편한 때가 없었을 것이다. 또 시봉 처는 시력에 문제가 생긴 어머니와 배가 부른 재순을 돌보고 세봉의 투쟁을 뒷바라지하느라 하루도 편안한 날을 지내지 못하였을 것이다. 어쩌다 하루 집에 들르면 세봉이 건네주는 대원들의 헤지고 더러운 옷은 온통 재순과 그녀의 차지였다. 그들은 제2의 독립군이었다.

양세봉은 재순과 아기를 하루만 쉬게 하고 사흘째 되는 날 돌려보낸 것이 마음 아팠다. 시봉은 형의 마음을 알 것이다. 그것이 독립군의 길이다. 그 옛날 그가 찾아왔을 때 귓속말을 나눈 뒤 한 식경도 쉬지 않고 바로 떠나게 하였다. 그렇게 하는 것이 숨어 사는 식구에게 안전했다. 모르게 하여야 한다. 큰 소문이 나면 모두가 위험해진다. 더구나 왜놈들은 양세봉의 식구들까지 몰살령을 내리지 않았는가. 시봉은 해방 후에 한독당의 재정 고문을 지냈다. 그래서 문화혁명 때 홍위병에게 한국 간첩이라고 고초를 당하였다.

사람 좋은 둘째 원봉은 식구들 안전을 보살폈다. 그는 동리 입구에 방을 얻어놓았다. 낯선 사람이 오면 일차적으로 그에게 포착이 된다. 그러면 시봉에게 알리고 독립군인지 아니면 일제의 끄나풀인지 상의하였다. 원봉과 시봉은 장남 세봉이 하지 못한 일을 책임졌다. 가족의 안전! 세봉이 가족의 일과 안전을 생각했던 것이 언제였던가. 안전과 효도는 원봉과 시봉의 일이었다.

막냇동생 정봉은 학교 성적이 출중했다. 그는 '윤창'이라고 불렸다. 흥경현 기독교회에서 운영하는 삼성중학교를 나오고 봉천의 문희중학을 다녔다. 그리고 공산당에서 운영하는 '북만청년총동맹'

옛 수상경찰서, 우당 이회영 선생이 체포된 곳, 현 다롄항집단

에 가입하였다가 지금은 이념을 달리하여 '조선혁명군'에 참여하여 듬직한 전사가 되었다. 그는 형님 양세봉을 대신하여 대련항에까지 이회영 선생을 만나러 간 적이 있다. 하지만 대련항에서 이회영 선생이 일경에 잡혀갔다는 소식을 접하고 독립군의 현실에 절감했다. 공부를 계속하고 싶었던 정봉은 훗날 일본으로 건너가 공부를 하고 신중국에서 연변자치구 교육처장을 지냈다.

문회중학을 나온 정봉은 김학규의 후배가 된다. 김학규는 1900년 평남 평안에서 태어났다. 신흥무관학교를 나온 김학규는 전형적인 양반이자 선비였다. 말이 없고 조용하였으며 안경을 쓰고, 링컨을 존경한다고 하며 항시 뒤 호주머니에 책을 넣고 다니던 학구

파였던 친구. 그는 지금과 같은 전시가 아니라면 학자가 되었을 것이다. 김학규는 1929년 '조선혁명군'에 가담한 이래 공산주의라면 설레설레 고개를 저었다. 양세봉을 대신하여 김성주를 만난 그였다. 독실한 기독교 신자여서 그랬을까, 역사는 가끔 두 개의 모순되는 개념을 더 한층 높은 차원에서 조화시켜 하나로 통일하는 일까지도 거침없이 해내곤 한다. 그리고 개인의 운명도 바꾸고 만다.

2) 의목수(依木樹) 회의, 조선혁명군 재정비

'요녕민중자위군'이 패퇴하고 총대장 탕쥐우가 북경으로 피신한 뒤였다. 양세봉은 '조선혁명군'의 총사령관으로서 무엇인가 할 필요를 느꼈다. 지금까지는 자위군의 소속이었지만 지금부터는 '조선혁명군' 단독 그 자체가 아닌가. '요녕민중자위군'이 패배하고 통화에서 철수한 뒤 양세봉에게 시급한 일은 부하들의 사기를 다시 올리는 것이었다.

지난 8월 요녕성 정부가 수립되고 동변도 대부분 지역이 '요녕민중자위군' 천하가 되었다. 우리 군 역시 부단히 확충되었다. '조선혁명당'과 '국민부' 그리고 '조선혁명군'이 공개 활동을 할 수 있었으니까. 그때 양세봉의 목에 붙은 현상금이 2만 원이었다. 세봉은 자기 목을 쓰다듬어 보았다. 최윤구와 박대호에게는 만 원이 붙었다.

최윤구는 뛰어난 병사였다. 그는 1903년 생으로 본명은 최승팔이다. 양세봉과 아홉 살 차이가 났다. 평안북도 초산군 선천면 출신[2]으로 아버지 최순경은 선천에서 조그만 대장간을 운영하였다. 어머니는 최윤구와 동생 최소이를 낳고 일찍 세상을 떠났다. 최윤구는 1924년 중국으로 왔다. 그리고 오동진을 따라 '통의부' 의용군에 참가하고 1925년 '정의부'에 입대하였다. 최윤구는 '정의부' 시절부터 양세봉의 부하였다. 그는 항일투쟁으로 가

최윤구

족이 위험에 처하지 않게 부인과 딸을 평북 본가로 보내고 중국에 살고 있던 아버지를 큰아버지 집으로 모셨다. 그 뒤 최윤구는 죽을 때까지 항일 투쟁에 혼신을 다하였다.[3] 최윤구는 '조선혁명군'의 중요한 지휘관으로 영릉가 전투 등에서 많은 공을 세웠다. 탕쥐우의 자위군 총사령부가 몽강현으로 퇴각하자 최윤구는 심적으로 많이 힘들어하였다. 지난 가을 자위군이 무너질 때 그는 서른 살이었다. 최윤구는 싸움에 지고 관내로 피신한 탕쥐우를 몹시 비난하였다. 젊은 그로서는 암울한 현실을 받아들이기 어려웠을 것이었다.

양세봉은 최윤구를 불러 어떻게 사기를 올릴까 물어보았다. 산막으로 봄이 오는 것이 보였다. 꽃이 피는 것도 추위가 한 번 지나

---

2) 최윤구는 경북 청도 출신이라는 설도 있다.

3) 현재 조선 평양에 위치한 대성산 〈혁명열사릉〉에 가면 최윤구 흉상과 "조선인민혁명군 지휘관 최윤구 동지"라고 새긴 비석을 볼 수 있다.

가지 않으면 안 된다. 푸른 보리도 추운 겨울이 필요하다. 그래야 땅에 뿌리를 내린다. 최윤구는 대답보다는 말없이 창밖으로 시선을 돌렸다. 그의 얼굴이 꿩했다. 이른 봄 저녁 나뭇가지 위에 새들이 내려앉고 있었다. 바람이 먼 산으로 비켜 갔는지 사령관 숙소에서 보이는 들판이 횡그레 비어 있었다. 산 넘어 지평선에서는 바람 속을 날뛰는듯 일본군과 위만군이 호시탐탐 작전을 짜고 있을 터이었다.

바라다 보이는 먼 산과 들판, 이곳이 우리 산천이고 우리 민족이 내 땅이라고 사는 곳이면 얼마나 좋겠는가. 바로 아래로는 압록강의 성스런 물이 흐르고 눈앞에는 손에 잡힐 듯이 조국의 연봉들이 손짓하는 듯이 보이건만, 지금은 모두 원수의 말발굽에 짓눌려 죽은 듯하다. 동포는 아는지. 우리 민족의 원류는 만주 땅이다. 양세봉은 영릉가 전투 등 무장 독립투쟁이 우리 역사의 중심 터전에서 이루어지는 것이라고 생각하였다. 창밖을 내다보는 최윤구의 눈은 '요녕민중자위군'과 연합하여 흥경현을 탈환하듯, 압록강 너머 내 나라 내 조국으로 진격하듯 젖어 있었다.

1933년 1월, 양세봉은 왕청문 남쪽 의목수촌에서 '조선혁명당 중앙', '국민부'와 '조선혁명군' 회의를 소집하였다. 그리고 첫째 '조선혁명군'이라는 명칭을 회복하기로 하였다. 지금까지는 '요녕민중 자위군'의 특무대였다. 작년까지 양세봉은 조·중 국민의 '연합'이라는 대명제에 묻혀 '조선혁명군'이라는 고유의 이름을 포기하고 그들의 특무대로 활동하였다. '조선혁명군' 이름을 회복하면서 양세봉은 대원들에게 이제부터는 우리들 이름을 내거는, 우리들 이름으로 하는 싸움이라고 강조하였다. 대원들은 용기 백배하였다. 양세봉의 가슴이 감동으로 타올랐다. 그는 대원들을 한 사람 한 사람 굽어보다가 그들에게 바싹

동아일보 1933년 1월 26일자 기사. 국민부의 양세봉 등이 일제의 관동군을 토벌할 것을 결의하였다는 내용(사진=국사편찬위원회)

다가가 껴안아 주었다. 이런 충직하고 훌륭한 대원들을 데리고 무엇인들 못 하겠는가.

'조선혁명군'은 새로 단행된 조직 개편에서 지휘부를 지역별로 두었다. 양세봉은 조선인이 가장 많이 사는 흥경, 유하 지역 제2지휘부를 맡았다. 지휘부 밑에 중대를 두고 중대는 다시 소대로 나누었다. 대원들은 옛날과 다름없이 윤일파와 본인 그리고 박대호로 나누고 그 밑에 중대장으로 한검추, 조화선, 최윤구를 두었다. 그리고 중국인 장부오를 고문으로 초빙하였다. 비록 '요녕민중자위군'은 패배하여 해체되었지만 조·중인민의 연합은 여전히 중요하다. 그것이 장부오를 고문으로 초빙한 이유였다. 그리고 '조선혁명당' 조직도

양림(1901~1936년)

재정비하여 양기하를 주석, 고이허를 상무위원, 김학규를 국제부 부장으로 임명하였다. 때맞추어 '국민부' 또한 집행위원장으로 김동산, 공안부 위원장으로 김두칠을 임명하였다. 9·18사변과 자위군이 패퇴함에 따라 많은 사람이 친일로 전향하였지만 '국민부'는 극히 소수만 변절하고 대다수 조직은 건재하였다. 동변도 지역에서 '국민부' 조직이 여전히 건재하고 있다는 소식에 많은 사람이 고무되었다.

양세봉은 또한 양림이 중앙소비에트로 들어가고 중국공산당의 양정우가 남만으로 내려왔다는 소식을 들었다. 중국공산당의 양정우와는 언젠가 연합할 것이다. 그러나 우리는 무엇보다도 먼저 '조선혁명군' 이름으로 강건한 투쟁을 계속하여야 한다. 한편 깊은 산림으로 피신한 항일대오는 '조선혁명군'만 쳐다보고 있었다.

양세봉은 상황을 면밀히 주시하였다.

그는 국제부장 김학규를 북경에 파견하여 탕쥐우를 비롯한 관계자를 만나 군자금을 지원토록 하였다. 연간 가구당 2원씩 받는 조세 제도가 있었으나 식량과 무기 구입에 드는 비용을 생각하면 어림도 없었다. 유동열과 최동오가 남경의 국민당 관계자에게 인적, 물적 지원을 부탁하였는데 아직까지 말이 없었다. 김학규가 이번에 북경을 거쳐 남경에 가면 모든 것을 명확하게 할 것이다. 그리고 그에게 남경에서 개최되는 민족유일당 운동 통일회의 참가를 지시하였다. 유동열과 최동오가 민족유일당 운동에 참여하고 있어서 걱정은 없었지만 너무 오래 소식이 없었다. 그러나 김학규는 이곳 만주의 최근 사정을 다시 한 번 가감 없이 전할 것이다.

조선혁명군의 항일의지는 투철하다. 노예가 되기를 거부한 사람들… 양세봉 또한 임시정부에서 불렀지만 그는 병사들 그리고 군민들과 운명을 함께하기로 하였다.

'요녕민중자위군'의 패퇴 이후 '조선혁명군' 유격전의 작은 승리가 거듭됨에 따라 이제는 대원들의 비관적인 정서도 해소되었다. 최윤구의 마음도 많이 진정되었을 것이다. 한편 '조선혁명군' 대원 중 변창유가 남경에 있는 '조선혁명군사정치간부학교'에 입학하기 위하여 양세봉의 곁을 떠났다. 내년에도 적지 않은 대원들이 약산이 세운 이 학교로 떠날 것이다. 얼마 전에는 이창하가 '조선혁명군사정치간부학교'를 마치고 신빈에 왔었다. '요녕민중자위단'은 꺾였지만 또 새로운 사람이 온다. 그러나 학교를 같이 졸업한 친구들이 이곳까지 왔다가 혁명군 입대를 눈앞에 두고 왜놈 경찰에게 잡히고 말았으니 아쉽기만 하였다.

조선혁명군사정치간부학교 터(남경)(사진: 오마이뉴스)

3) 제3차 흥경전투

일본은 '요녕민중자위군'이 물러간 통화에 영사관 분관을 다시
세우고 경찰서와 헌병대를 설치하였다. 그리고 각 현마다 만주국
관리를 파견하여 통치하였다. 마을에서 실권을 장악한 현장이나
기본 관리는 일본인이 맡았다. 식민지를 다스리는 제국주의적 방식
이었다. 그리고 자위단, 조선인민회 등 친일단체를 설립하였다. 그
다음은 이른바 '불량한' 조선인과 '조선혁명군' 가담자를 색출하였
다. 통화를 비롯해 흥경, 환인, 유하 등 자위군과 '조선혁명군'이 점

령했던 지역은 초토화되었다.

　이런 상황에서 양세봉은 병사와 군민의 사기를 진작하지 않으면 안 되었다. 그래서 먼저 흥경현 성을 공격하기로 마음먹었다. 형세가 엄혹하고 비관적인 시기에 대원들은 양세봉의 얼굴만 쳐다보았다. 이런 때일수록 대원들에게 기운을 북돋아주는 일이 필요하였다. 바로 본보기를 보여야 한다. 그래야 진정한 영웅이고 지도자이다. 지금이 바로 그 기회이다. 성공한 혁명가의 비결 가운데는 투쟁이 힘들고 좌절이 많을수록 더욱 강해지는 경우가 있다. 다른 경우는 보다 나약해져 언제나 다른 사람의 의견을 귀담아 듣게 된다. 그러나 양세봉은 그런 대중식의 지혜가 통하지 않는 사람이었다. 중요한 일은 며칠을 두고 생각을 거듭하지만 일단 결정이 내려지면 질풍처럼 실행에 옮기고 또 자기 입장을 고수하였다.

　1933년 7월 8일 의목수 촌에서 회의를 마친 뒤 양세봉은 왕봉각 부대의 조보침과 연합하고 '조선혁명군' 조화선, 최윤구 등과 함께 흥경현 성을 네 방면에서 공격하였다. 양세봉의 뜻대로 치고 빠지는 작전이었다. 일본군이 별것 아니라는 것을 대원들에게 보여주고 싶었다. '조선혁명군'은 적에게 심각한 타격을 주었다. 제3차 흥경현전투는 '요녕민중자위군'이 패배한 후 처음 전개한 군사행동으로 아군의 사기를 진작하였고 군민들의 항일의지를 제고하였다. '조선혁명군'은 중국 관내로 철수하지 않았으며 군민들 곁에 있다는 것을 알렸다. 일본과 만주국은 죽은 줄로만 알았던 자위군과 '조선혁명군'이 아직도 활동하고 있다는 사실에 크게 놀랐다. 신문에는 다음과 같은 기사가 실렸다.

　왕봉각이 인솔하는 부대가 흥경현을 습격

　··· 7월 8일, 제2대 사령관 조금산, 혼합 제2려 려장 소자여는 조선인 양세봉 등과 함께 신빈을 점령하여 하루 만에 퇴각하였다.

　아마도 그들은 양세봉과 왕봉각의 이름을 혼돈한 것 같다. 양세봉에게 군대와 전투는 이념이 아니라 실제이었다. 양세봉의 관심은 작년 가을 '요녕민중자위군'이 무너진 이래 줄곧 어떻게 하면 '조선혁명군'의 기능이 제대로 발휘하느냐에 있었다.

4) 중국공산당 동북혁명군과 만남

　'요녕민중자위군'의 패배 후 미처 피신하지 못한 잔여 부대들은 산림으로 들어가 산림대를 꾸렸다. 그리고 '조선혁명군'의 동태를 숨죽이며 지켜보았다. 그들은 양세봉이 항일의 깃발을 다시 치켜들자 그를 찾아와 함께 투쟁하자고 요청하였다. 그래서 이들과 연합하여 전투한 것이 후석진 싸움이다. 양세봉은 승리를 거두었으나 더 이상 큰 전투에 나서지 않았다. 병력이 많으면 군량과 군자금이 문제가 된다. 양세봉은 피복 공장을 세우고 10여 명의 여성에게 3대의 재봉틀로 군복을 생산하도록 하였으나 하루 최대 스무 벌에 지나지 않았다. 당장에 말을 먹일 사료도 부족하였다.

양세봉은 산림대와 국적과 이념 등이 서로 달라 통일된 편제를 꾸리지 못했으나 조·중연합전선은 이루어냈다. 동변도에서 '요녕민중자위군' 패퇴 후 양세봉과 '조선혁명군'은 항일 무장대오를 위해 마치 한 그루 큰 나무마냥 비바람을 막아 주었던 것이다. 양세봉과 호응한 산림대는 중국인 왕봉각과 등철매 부대였다. 그들은 지리 환경에 익숙하고 고향 마을에 의거하여 후방지원은 해결되었으나 시간이 갈수록 난관에 부딪히자 유격대를 떠나는 대원이 많아졌다. 따라서 '조선혁명군'의 활동 범위는 점점 넓어졌다. '국민부' 기층 조직도 무너지지 않았으며 재편된 '조선혁명당'은 점차 힘을 얻어 가고 있었다.

그러는 와중에 중국 공산당 양정우가 남쪽으로 내려왔다. 이제는 '동북인민혁명군'과 만날 차례였다. '조선혁명군'으로 무장투쟁을 계속하는 한편 그들이 살아남도록 도와주는 것이 급선무였다. 양정우의 목표는 양세봉과 같이 '항일' 하나였다. 양세봉은 전략을 그려 나갔다. 양정우도 연합을 바라고 있으리라.

5) 양세봉의 인품과 에피소드

양세봉은 병사들을 친형제처럼 믿었다. 어느 날 총을 버리고 도망친 병사가 있었는데 분대장이 그 병사를 체포하여 죽이려 하였다. 마침 부대에 시찰 나왔던 양세봉이 그 이야기를 듣고 병사와 일대일 면담하였다. 병사는 어머니가 장질부사에 걸려 죽어간다는 것을 듣고 휴가를 신청하였으나 분대장이 허가하지 않자 총을 버리고 어머니가 계시는 고향에 가기 위해 나섰다는 것이다. 양세봉은 때가 때인지라 목숨보다 귀한 총을 버린 데 대해 그 병사에게 엄중하게 타이르고, 그 다음에는 어머니에 대한 효성에 찬사를 보냈다.

"나도 고향집에 나이 많은 어머니가 계시네."

그리고 양세봉은 분대장에게 직접 휴가를 신청하고 그 병사에게 어머니를 뵈러 고향집에 가기를 권하였다. 또 부대 막사와 자기 주머니를 뒤져 없는 돈을 마련해주며 오래간만에 고향에 가는데 이것이면 아쉬운 대로 되지 않겠느냐고 하였다. 사령관이 한낱 병사를 위하여 휴가를 신청하고 자기 돈까지 꺼내 주는데 감격하지 않을 병사가 어디 있겠는가. 그 병사는 결국 눈물을 보이면서 총사령에게 이야기하였다.

"이 돈을 집에만 보내면 됩니다. 대신에 저는 가지 않겠습니다. 여기서 사령관님을 모시고 끝까지 왜놈들과 싸우겠습니다."

양세봉의 부하 다루는 방식은 바로 이런 것이었다. 부하에 대한 진실한 사랑이 먼저였다. 양세봉은 사령관으로 있으면서도 언제나 병사들과 큰 가마솥 밥을 함께 먹었다. 병사들과 같은 옷을 입었으며, 모든 노획물이나 선물은 '조선혁명당' 재정이나 회계부에 넘겼다. 숙영지에 도착하면 병사들과 함께 불을 피워 물을 끓였으며 무기를 점검하였다. 병사들과 함께 말을 먹였고 모든 병사들이 잠든 뒤 잠자리에 들곤 하였다. 돈이 있으면 궐련을 사서 부하들에게 궐련을 피우게 하고 자기는 엽초를 말아 피웠다. 당시 독립군의 군기

랴오닝성 신빈현에 있는 조선혁명당 본부 터(출처=독립기념관)

는 상당히 엄정하였다. 그는 낙오병이나 훈련에서 뒤처지는 병사와 잠자리를 함께 하였다. 소위 고참병에게 밤중에 불려가 혼날까 미리 대처하는 것이었다. 때문에 그는 뒤처지는 부하들을 염려하였다. 양세봉은 마음속 깊은 얘기를 나누며 고락을 함께 하는 지휘관으로 매김되었다.

양세봉은 이렇듯 병사들을 친형제처럼 여겼지만 훈련은 엄하게 실시하였다. 1932년 9월 그가 하달한 '훈련 방략'에 따르면 "원수를 멸하고 역적을 토벌하며 나라를 사랑하고 백성을 구하는" 것을 원칙으로 삼았다. 정신훈련에서는 "병사들로 하여금 구국의 의의를 알게 하고 민의에 순응하며 명령에 복종하고 규율을 준수해야"

된다고 규정하였다. 사령관인 자신부터 한시라도 이 지침을 잊은 적이 없었다.

양세봉은 단순한 군사주의나 영웅주의도 벗어났다. 선배 독립투사나 당과 '국민부' 지식인들이 자신을 배움이 부족하다며 폄하하는 의견에 대해서도 대놓고 반발하지 않았다. 중국군과 연합작전이 조선인만의 빛깔을 잃고 만다는 지적이나 불만이 있었다. 양세봉은 민족이 핏줄로 뭉쳐진 영원한 것이라 동의하였다. 하지만 '편협한' 민족주의 운동만을 할 시대는 지나갔고 조·중 인민이 하나로 뭉쳐야 된다며 도움을 요청하였다. 그에게는 단결이 우선이었다. "큰일을 해야 하지. 큰 벼슬을 하려 해서는 안 되며 명예와 사리보다는 단결이 먼저"라고 말하였다.

양세봉은 항시 스스로 몸을 낮추고 부하들에게 봉사하는 자세를 취하였다. 그러기에 수십만 관동군이 지배하는 산협에서 500여 명 군사가 이탈 없이 그를 따랐던 것이다. 그는 부하들에게 화를 내는 법이 없었다. 모두 그와 같이 피를 나눈 형제이고 아우였다. 한번은 왕청문에 위치한 의류공장에서 모피로 총사령복을 특별히 만들었으나 그 공장을 관리하는 군수국장이 양세봉에게 비판만 실컷 받고 도로 가지고 돌아갔다. 양 총사령은 이 옷을 보고 "내가 무엇이 길래 이 옷을 입고 동포들 앞에 나선단 말이오. 이 옷은 제일 빈한한 집에 마땅히 보내주어야 합니다. 이것은 총사령의 명령입니다." 그에 대한 존경심은 비단 조선인뿐만 아니었다. 중국인까지 그를 칭송해마지 않았다. 양세봉은 중·조 민족을 동일시하며 중국인을 비적에게서 약탈당하지 않게 보호하고 '조선혁명군'을 인민의 군대로 탈바꿈시켰다.

그는 조금도 거만하지 않았다. 아무리 바빠도 예의범절이 어긋나는 일이 없었다. 노인을 공경하고 대원이나 모든 군민에게 친절하며 숙식을 하는데 차별을 두지 않았다, 격렬한 전투나 긴 행군을 마치면 양세봉은 대원들 신발을 벗겨 발을 씻겨 주기도 하였다. 어디를 보아도 그에게 관료적인 모습은 전혀 보이지 않았다. 동료들을 아끼고 생활이 매우 검소하며 모든 물건은 동포들의 땀과 눈물이라고 가르쳤다. 독립군 세력 중 양세봉만큼 한 지역에서 뿌리를 내리고 조선인에게 사랑과 존경을 받으며 장기간 투쟁한 독립군 장군은 없었다.

제5부

출생과 **소년 시절**

제5부 출생과 소년 시절

1) 출생

양세봉은 양서봉이라고도 하며 한자로 마지막 글자인 '봉'을 두 가지 글자인 봉(鳳)과 봉(奉) 자를 필요에 따라 바꾸어 썼다. 예를 들면, 서봉(瑞鳳) 세봉(世鳳), 세풍(世風), 세봉(世奉)인 셈이다. 그는 자가 벽해(碧海)이며 평안북도 철산군 세리면 연산동 한 가난한 농가에서 태어났다.

양세봉의 출생년도에 대해서는 여러 가지 설이 분분하다.[4] 이 책에서는 1894년 설을 따랐다. 책에서 말한 것처럼 생년은 1894년이나 생일에서는 6월 11일이라는 설도 있고 6월 5일이나 7월 15일이라는 사람도 있다. 그중에 많은 학자들은 1896년 7월 15일이라 하여 그 날을 다수의 의견으로 여긴다. 그 주장되는 근거의 하나로 평양 열사릉원에 세워져 있는 비석의 예를 드는 것이다. 우리 측 국립묘지 비석에는 평북 철산에서 1896년 6월 5일 태어났다고 되어 있

---

4) 양세봉의 출생에 대해서는 1894년과 1896년 출생하였다는 두 가지 설이 있다. 아무튼 확실한 자료가 없는 우리의 세태를 탓할 뿐이다.

다. 음력 6월 5일은 양력 7월 15일이 된다. 1896년 음력 6월 5일과 양력 7월 15일의 일치, 그래서 출생일에 대해서는 양력과 음력 표기만 다를 뿐 날짜는 일치한다. 다만 우리 측 6월 5일 옆에 음력이라는 말을 병기하면 더 좋았을 것이다. 그런데 역사를 자기네들 공산당의 뿌리라고 여기는 중국 학자들 사이에서 장군의 출생년도는 1894년과 1896년 두 가지 경우가 혼재한다. 장군이 돌아가셨으니 확인할 방법이 없지만 아래와 같은 방법으로 유추해 볼 수는 있다.

첫째, 가족관계를 추적해 보는 것이다. 예를 들면 세봉의 바로 아래 동생인 양원봉의 출생년도가 1896년이니 양세봉의 출생년도는 1896년보다 빨라야 된다. 동생과 같은 년도에 태어날 수는 없다. 즉, 1896년인가 아니면 1894년이 맞는가 하고 따지면 그의 출생년도는 1894년이 되는 것이다. 북한은 양원봉을 귀국하게 하여 전 국가적으로 김일성 중심으로 조작을 했을 것이다. 개인의 힘으로 국가적으로 조작한 거짓을 이길 수 없지만 언젠가는 진실이 밝혀질 것이다.

둘째, 김일성의 아버지 김형직과 양세봉은 의형제를 맺었었다. 그런데 김형직이 중간인지 막내인지 불분명하다. 일부 중국학자들이 남긴 문헌에 따르면 출생한 것은 동일한 해였으나 생일이 약 한 달여 빠른 양세봉이 형이 되었다고 쓰여 있다. 김형직은 양-음력 구분 없이 1894년 7월 10일이라고 되어 있다. 만약에 그의 출생 7월 10일이 음력이라면 양력으로는 1894년 8월 10일경이다. 한 달여 생일이 빠르다면 7월 중이 된다. 이와 같은 가정이 맞는다면 양세봉의

影撮念紀體全校學興化

흥경현 왕청문 화흥학교 교사와 학생

생일은 1894년 7월 15일이 되는 것이다

셋째, 김일성 회고록 『세기와 더불어』를 보면 양세봉과 김형직의 형, 동생 관계는 확실히 규명하지 않았다. 김형직의 독립운동 활동에는 많은 분량을 할애하면서도 그의 장례식을 치른 뒤 자신을 '화흥중학'에 넣어주도록 소개장을 써주고 길림 '육문중학'에 다닐 때는 월사금을 내줄 만큼 가까웠던 사이였음에도 양세봉을 "아저씨"라고만 할 뿐 김형직과 형 동생 문제는 명쾌하게 밝히지 않는다. 아니면 '경애하는 수령'의 아버님에게 감히 반말로 하대하는 풍경을 그리는 양심이 존재하기 이전에 알아서 기는 아부성 작가들이 김일성의 수기를 썼는지도 모른다. 솔방울로 수류탄을 만들고 가

랑잎으로 대동강을 건넌 그런 하늘같은 수령(?)의 아버님, 또한 독립투사의 선배들에게 조언(助言)을 아끼지 않았던 그를 어떻게 누구나 하대하는 막내로서 그럴 수가 있단 말인가.

허황하고 거짓된 사실을 두루 섞은 그의 수기를 읽으면서 필자는 역으로 김형직을 막내라고 기록한 일부 중국 학자의 말을 따라가게 된다[5]. 양세봉의 생일을 양력 7월로 가정을 한다면 김형직 생일에서 한 달쯤 빠른 날이다. 따라서 필자는 장군의 출생이 1894년 양력 7월 15일이라고 주장을 하는 것이다.

2) 1894년 동학농민운동

1894년 음력 2월 전라도 고부에서 동학농민운동이 일어났다. 오랑캐와 왜놈들을 몰아내고 부패한 집권자 층을 타도하자는 이 운동은 원래 외래 침략자와 부패한 통치계급에 맞선 백성들의 외침이었다. 그러나 동학농민운동은 왕권과 양반 계급에 의해서 철저히 진압되었다. 1894년 10월, 청일전쟁에서 승리한 일본의 압력으로 조선이 풍전등화의 위기에 처하자 전봉준은 2차 거병을 하였다. 전봉준은 논산에서 손병희의 북접 2만여 명과 합류하였다. 그리고 약 4만여 동학농민군을 이끌고 공주와 수원을 거쳐 서울로 가서 최후의 대결을 벌이기로 결심하였다. 그러나 조선의 통치계급이 스

---

5) 『압록강변의 항일명장 양세봉』 조문기(曹文奇), 89쪽

1894년 동학농민운동을 이끈 녹두장군 전봉준(1855~95)의 마지막 모습을 담은 압송사진.

스로 힘으로는 이기지 못할 것이라 예상하고 일본에게 동학군 진압을 요청하였다.

　참으로 이상한 전쟁이었다. 고종은 자기 정권을 보존하고자 같은 동포를 진압하기 위해 최신식 기관총으로 무장한 일본군 1개 대대를 전선에 배치하고 총들을 하사하였다. 그리고 3천여 관군을 파견하였다. 한편 일본군의 작전은 신중하면서도 교묘하였다. 일본군은 스파이를 동학군으로 변장해서 침투시켜 동학군의 무장 상태가 별것 없음을 파악한 후 케틀링 기관총으로 무장한 일본군 200여 명을 배치하였다. 거기에 비해 동학군 무기는 사거리가 불과 100보 남짓한 화승총 아니면 죽창이었다. 죽창과 기관총의 싸움, 겨울철 짚신과 군화의 싸움, 결국 동학군은 패퇴하였다. 그것도 처절하게, 미치지 못하는 사거리에서 일본군은 총탄을 퍼부었고 화승총에 총탄마저 없는 동학군은 기관총에 죽창으로 돌격하였다. 시간이 흐를수록 공주 우금치는 동학농민군 시신으로 뒤덮였다. 나중에는 아예 학살 수준이었다. 살아남은 동학농민군은 채 6백 명이 되지 못하였다.

　새로운 세상을 꿈꾸었던 동학군의 영혼은 결국 공주를 넘지 못하였다. 그렇게 동학농민전쟁은 외세와 집권세력의 똘똘 뭉친 이기심으로 인해 좌절되었다. 동학농민전쟁이 끝난 후에도 조정과 일본은 동학도를 잔혹하게 탄압하였고, 조선을 발판 삼아 중국에 대한 침략 전쟁을 감행하였다. 양세봉은 동학농민운동이 일어났던 바로 그 해에 태어났다.

3) 강화도조약, 임오군란

　강화도조약이 맺어진 것은 양세봉이 태어나기 전 1876년 일이었다. 일본에 의해 조선의 문호를 개방한 최초의 통상조약은 대원군이 물러나고 고종이 즉위하면서 이루어졌다. 일본인을 체포할 수 있어도 재판할 수 없다는 치외법권을 포함해 일본산 물건에 대한 관세를 철폐한 불평등 조약이었다. 조선은 일본과의 국력에서 많이 밀리지 않았으나 이를 순순히 받아들였다. 상하가 뒤틀린 강압적인 조약이었다. 그러나 조선 대신 중 그 누구도 이의를 제기하지 않았다. 일본은 무장한 군대를 조약 장소에 주둔시켜 조선의 대신들

강화 진무영 열무당

을 몰아붙였다. 그들이 미국에서 배운 그대로였다.

그로부터 6년이 지난 1882년, 이 기간 동안 일본은 국력 신장에 힘을 기울였다. 영국과 독일의 발달된 문물을 배워왔으며 국리민복에 최선을 다하였다. 한편 조선의 지배계급은 쇄국정책에서 벗어나 문호를 개방하였으나 자신들만의 권력 유지에 열심이었다. 그리고 왕이 섭정 꼬리를 떼자 왕비는 자기 식구를 곳곳에 심고 권력을 지키고자 외세를 이용하였다. 해야 되는 노력은 하지 않고서 그저 쉽게 인생을 살고자 하는 사람에게 주어진 업보였다. 이렇게 두 나라는 판이하게 다른 길을 걸어가게 되었다. 따라서 국력의 차이는 더욱 벌어지고 있었다.

조선에서는 일부 군대 또는 구식 군대가 민중과 합세하여 궁궐까지 침입하였다. 부대가 반란을 일으킨 것이다. 한심한 노릇이었다. 처음에는 단순한 국내 문제였다. 신식 군대에 대한 구식 군대의 반발, 당연히 반발을 받은 측은 반발을 풀려 노력하든지 그것도 아니면 복수하는 심정으로 한번 싸움을 붙어보든지 그러나 그런 기록은 없다. 그 대신 싸움은 정치투쟁으로 번졌고 궁궐은 이들을 막고자 청나라라는 외세까지 불러들였다. 이 사건을 임오군란이라고 한다.

임오군란으로 정권을 잡은 대원군은 왕비가 번연히 살아있음에도 불구하고 장례를 지냈다. 단순한 국내 문제가 정치투쟁으로 번진 것도 의아한데 이제부터 정치투쟁은 '목숨을 거는 승부처'가 되고 말았다. 조선이 외국과 수교통상을 맺은 이래 6년 동안 조선의 국력은 결코 약하지 않았지만 스스로 망조의 길을 걸어갔다. 단순한 국내 문제를 서로의 권력욕에 맞물려 국제적 문제로 비화시켰고 상대방을 누르고자 외세를 불러들였다. 조선의 권력투쟁은 서서히 생명까지도 요구하는 '혈투'로 변질되어 갔다.

강화도조약 이후 십여 년 뒤 청나라와 일본에게 전쟁터를 내준 조선은 다시 지배층들의 격렬한 정치싸움에 휘말렸다. 유일하게 두 세력이 합의를 본 것은 동학농민들에게 권력을 내어 줄 수 없다는 것이었다. 사람들은 이미 깨어나고 있었는데 말이다. 거기에 단발령으로 이반된 민심은 다시 민중의 패를 갈랐다. 청일전쟁에서 승자가 된 일본을 경계하는 데 러시아가 끼어들며 외세는 청·일 두 나라에서 러시아를 포함한 3개국이 되었다. 국내에서도 분열이 일어났다. 개화파와 수구파 그리고 유림을 중심으로 한 위정척사파가 대립하고 지배계급은 자기 가문과 자신의 안일만을 도모하였다. 나라는 국고가 탕진되었다는 것을 만천하에 공포하였다. 한편 청과 일본은 다른 나라 눈치를 볼 것도 없이 거들먹대었다. 심지어 당사국 조선을 제외하고 자기들끼리 조약을 맺기도 하였다. 조선이라는 이름이 들어간 외국과의 규약은 다분히 예절용임에 다름 아니었다. 또 이 시기에 자생적인 개화주의자와 개혁운동에 적극적으로 참여한 신진세력이 등장했다. 북학의 전통을 계승한 그들은 일본을 개혁 모델로 삼았다. 현실에서 실패한 그들은 후세에 '친일파'로 비판받았지만 초기에 그들 대부분은 '기득권층'이면서 이상주의자들이었다.

4) 을미사변, 아관파천(노관망명)

동학농민전쟁은 무참하게 정부군과 일본군에 의해 제압당하였고 청일전쟁의 승리와 더불어 일본의 콧대는 한껏 높아졌다. 그러나 러시아·독일·프랑스의 3국 간섭으로 일본에 할양키로 하였던 요동반도가 다시 중국 땅이 되자 조선의 지배계층은 러시아에 줄을 대기 시작하였다. 일본으로서는 특단의 대처가 필요하였다. 새로 부임한 공사 미우라는 권력을 잃은 대원군을 꼬드겨 친러로 기울어진 왕비를 살해하려는 계획을 세웠다. 일거에 상황을 변화시키는 계기였다.

영국 '데일리 메일(Daily Mail)' 종군기자로 한국에 왔던 프레드릭 아서 맥켄지(Frederick A. Mackenzie)가 촬영한 '항일의병'의 모습.

　거사에는 동포를 배반하고 항시 반역자 측에 가담한 동조자가 있기 마련이다. 왕비에게 뺏긴 권력을 찾아준다고 하자 대원군은 거절지 않았다. 그리고 일본은 훈련원 친일 조선인 장교들을 앞세우고 왕비의 침전이 있는 경복궁 옥호루로 쳐들어갔다. 이곳은 금남의 지역이기 때문에 대궐 지리를 잘 알고 침전의 상궁들과도 알고 통하는 사람이 필요하였던 것이다.

　궁궐의 문을 열고 왕비 침전까지 이민족을 안내한 대원군, 이때 왕비를 호위한 일단의 궁녀들에게까지 쳐들어간 조선 훈련원 간부들 심정은 어떠하였을까. 왕비가 지목되고 일본 깡패들의 칼이 번쩍였다. 왕비가 살해되어 시신이 불태워지는 동안 대원군은 호수 옆 정자에 앉아 많은 상념에 잠겼을 것이다. 앞장을 섰던 훈련원 간

구러시아 공사관 전경

부들도 같은 심정이었을 것이다. 이들 중 극히 일부는 나중에 의병
이 되었으나 대다수는 조선에 살지 못하였다. 그들은 일본에 건너
가서 일본인 옷을 입고 일본인 처와 결혼하여 일생을 친일파로 마
쳤다. 그들의 후손이 무엇을 하였건 중요한 것이 아니다. 역사에는
승리나 패배가 존재하지 않는다. 또 역사의 승리는 살아남은 자의
것도 아니다. 후대인 우리는 그들이 벌인 짓을 낱낱이 기록하고, 씻
을 수 없는 과오를 저질렀다면 그것을 대중의 기억 속에 남겨 두어
야 한다. 아들의 공(功)은 아비의 과(過)를 덮지 못한다. 역사는 그
이면을 들여다보아야 한다.

　그로부터 반년이 채 안 된 어느 날 정말 어처구니없는 일이 일어
났다. 1896년 2월 11일, 한 나라 국왕이 자기 나라도 못 믿어 다른

나라 대사관으로 피신하는 일이 벌어졌다. 절대주의 국왕 체제 하에서는 우스꽝스런 일이었다. 전쟁에 진 장수나 지위가 높은 사람이 다른 나라 대사관에 피신한 일은 있었으나 국왕이 망명한 것은 인류 역사상 처음이었다. 한성에 와 있던 세계 언론들이 앞다투어 이 해괴한 사실을 본사에 송고하였다. 대한제국은 세계적으로 가십거리가 되었다. 전년 10월 왕비가 살해된 뒤로 국왕이 신변의 위험을 느껴왔다손 치더라도 국민을 대표하는 공인으로서 해서는 안 될 행동이었다. 한 나라 국왕이 자기 나라 안에서 다른 나라 대사관을 찾는데, 일반 평민은 정작 갈 곳조차 없었다. 많은 사람들이 살길을 찾아 고향을 떠나야 했다.

5) 간도 그리고 연해주

백성들이 기근과 재해 그리고 관리들의 탐학을 견디다 못하여 살길을 찾아 떠나 정착한 곳은 주로 간도와 연해주였다. '프리모르스키'라고 불리는 연해주는 '바다에 인접한 지역'이라는 뜻이다. 프리모르스키는 과거 발해의 영토였다. 서쪽으로는 중국과 국경을 접하며 남쪽으로는 두만강을 사이에 두고 한반도와 국경이 맞닿아 있다.

연해주 이주는 1860년대부터 시작되었다. 1882년에는 조선인 인구가 만 명을 초과하여 러시아인 8천 명보다 많았다. 지방 관리의 수탈과 부정부패를 피해서 온 평안도와 함경도 주민들이 대부분

연해주 신한촌(사진=독립기념관)

이었다. 아무도 나라 잃은 망국의 백성을 보호하지 않았다. 그들은 일본 국민으로 등록하지 않는 한 당연히 호적이 없었다. 호적도 없는 백성, 살아있는 것을 증명하는 것은 움직이는 육신밖에 없었다. 그 외에는 살아 있어도 죽은 사람과 다름없었다. 그러나 조선 사람들은 꿋꿋했다. 그리고 먼저 도착한 사람들은 나중에 오는 사람들의 정착을 도왔다.

그들은 새로 맞은 터전에서 쌀농사를 짓고 척박한 땅을 일구며 생업에 열심이었다. 각지에 한인촌이 세워졌고 자치조직을 만들어 조선인의 상부상조와 지위향상을 꾀하였다. 이렇듯 조선인은 자기 힘으로 살아갈 수 있는 저력을 갖춘 민족이었다. 더구나 '북간도'와 가깝다보니 같은 농사를 지으면서 왕래도 잦았을 것이다. 수전이 중심이 되는 쌀농사를 짓는 것은 조선인만의 특징이었다. 그리고

백두산정계비

자연히 간도 지역 민족운동과도 관계가 있었고 독립투사들은 북간도와 연해주를 오르내리며 활동하였다.

간도는 두만강 북부 북간도와 압록강 서안의 서간도로 나뉜다. 북간도는 연해주로 이어지는 광대한 땅이다. 이곳 북간도와 서간도를 함께 '동변도'라고 불렀다. 양세봉 총사령이 주로 활약한 서간도는 남쪽 만주라고 하여 남만이라고도 불렀다. 서간도 도시로는 흥경, 통화, 집안, 관전, 무송 등이 있다.

1677년 청조 정부는 백두산을 중심으로 압록강, 두만강 이북 1,000여 리 되는 지역을 그들의 선조가 태어난 신성한 땅이라 하여 봉금령(封禁令)을 내렸다. 그러나 조선농민들의 빈번한 월경 또는 월강으로 국경 개념이 흐트러져 양국의 변경 문제를 확실히 해둘 필요가 있었다. 1712년 청의 요청으로 양국 간 경계를 분명히 하기 위해 천지 동남쪽에 〈백두산정계비〉를 세웠지만 "서쪽은 압록강, 동쪽은 토문강으로 경계를 삼는다(서위압록(西爲鴨綠), 동위토문(東爲土門), 고어분수령(故於分水嶺), 늑석위기(勒石爲記))"라는 애매한 글귀뿐이었다.

그 뒤 러시아가 남하정책의 일환으로 점차 남진하자 북방 거점의 필요성을 인식한 청조 정부가 만주로 몰래 들어가 땅을 개척하고 있던 사람들에게 이주와 개간을 합법적으로 용인하였다. 이 때쯤에는 살길을 찾아 만주로 넘어가는 중국인들의 움직임이 이미 대세를 이루고 있었기 때문에 현실적으로 이들의 만주 이주를 물리적으로 막을 수 없었다.

결국 청조 정부에서는 국방·재정·민생 문제 등을 해결하기 위한 고육지책으로 1870년대부터 봉금령을 취소하고 '이민실변정책(移民實邊政策)'을 실시하였다. 이를 계기로 중국인의 만주 이주는 물론 조선인의 만주 이주도 본격화되었다.

봉금령이 해제되고 1885년, 1887년 서북경략사 어윤중과 청나라 관원 사이에 조선과 청나라 간의 경계를 정하는 회담이 거듭 열렸으나 타결하지 못하였다. 그러다가 1903년 조선 정부가 이범윤을 간도관리사로 임명하여 간도를 대한제국 영토로 편입하였다. 하지만 1909년 일본과 청나라 사이에 체결된 간도협약으로 간도를 청나라에 내주고 말았다. 정계비에 쓰인 토문강(土門)을 두만강으로 알고 있는 청나라 관헌들에게는 당연한 사실이었으나 조선은 일본에게 외교권을 넘겨 이의를 제기하지 못하였다. 대신 일본은 만주의 '철도부설권'이라는 이권을 챙겼다.

연해주와 간도에 정착한 이주민들은 지도층의 권력다툼 그리고 매관매직, 부정부패와 전혀 관계가 없는 평범한 사람들이었다. 그들은 위정척사를 내세웠던 유림 사대부처럼 자기 기득권도 주장하지 않았고 우매한 민중을 제도한다는 엘리트 의식도 내세우지 않았다. 그러나 국가에 대한 충성심, 조선인이라는 정체성 의식만은 어느 누구보다도 투철하였다

지도층의 날이 서린 이기주의 그리고 양반 사대부 계급의 탐학과 기근 등 자연 재해로 인하여 살기 위해 국외로 도망친 평민, 소작농, 빈민들은 낯선 이국에 도착하자 서로를 격려하고 조국을 찾자는 독립운동에 나머지 한 손을 내밀었다. 현지 관리나 지주의 수탈에 쫓기면서도 피땀 흘려 독립군 군자금을 대었고 그들과 자식들이 독립군이 되었다. 이들의 고난과 헌신으로 독립운동의 싹을 내렸고 독립운동 단체가 등장할 수 있었다. 망하게 한 사람 따로 있고 그것을 분노하여 일으키는 사람 따로 있는 격이었다.

국내의 상황은 달라지지 않았다. 아니 더 나빠지고 있었다. 나라의 운명이 어찌되었든 자기네들 권리와 이익이 보장되는데 목숨을 걸고 권력투쟁에 나섰다. 지배층과 양반 사대부들은 어디서 무엇을 하고 있었을까. 그들에게 백성들의 삶이란 강 건너 이야기였다. 관심이 있다면 오로지 자신의 이익이었고, 자리였으며 위신이었다.

6) 소년 시절, 서당 생활 그리고 아버지로부터 교육

양세봉은 바로 그러한 시기에 성장하였다. 열강세력이 몰려오고 조선의 지배계층은 나라의 운명이나 민중의 삶은 나몰라라 하고 오로지 자기 보신과 이기주의에만 빠져 있을 무렵, 그 역시 계속되는 기근과 재해 그리고 지방 관리의 탐욕, 중앙 정부의 부정부패에서 자유로울 수 없었다.

양세봉의 아버지는 정직하고 거짓을 모르는 농민이었다. 한때 운산금광에서 일하기도 하였고 농한기가 되면 생계를 잇기 위해 어부의 일도 하였다. 그는 특별한 학력은 없었으나 글을 읽고 쓸 줄 알았다. 단군을 숭상하고 명절 때마다 향을 피우고 제사를 올렸다. 자식들에게는 임금을 충성으로 섬기고 부모에게는 효도하며 친구들에게는 믿음을 다하고 싸움에서는 물러서지 말도록 가르쳤다. 양세봉의 아버지는 애국심 또한 강했다. 일본의 침략에 분노하며 이순신 장군이 거북선을 만들어 왜적들을 섬멸하고 권율 장군이 행주산성에서 어떻게 왜적들을 물리쳤는지도 이야기하였다.

그는 제주도에 있는 자신의 시조에 대해서도 이야기하였다. 양을나(良乙那) 부을나(夫乙那) 고을나(高乙那)가 그것이었다. 모두들 〈벽란국〉 공주와 결혼을 하여 자손들을 번창시켰는데 양(良)씨가 양(梁)씨로 바뀐 것은 신라 내물왕 때부터이다. 양씨는 제주양씨와 남원양씨가 있지만 본은 하나이고 남원양씨 또한 제주양씨 곧 양을나(良乙那)의 후손들이다.

양세봉은 어릴 때부터 영리하여 아버지는 그를 공부시키고 싶어 하였다. 마침 마을 한 서당에서 문지기를 구하고 있다는 소식을 듣고 밤에는 야경을 서고 낮에는 글을 배울 수 있도록 부탁하였다. 서당에서 양세봉은 『천자문』에 이어 『명심보감』도 배웠다. 양세봉은 열심히 공부하였다. 아궁이에 불을 때거나 어두운 방 안에서도 시문을 외우곤 하였다. 따라서 중급 과정인 『논어』, 『맹자』, 『시경』, 『서경』, 『주역』, 『춘추』도 서당 생활 5년 동안에 배울 수 있었다. 한문을 배웠지만 아무래도 한글은 조금 미숙하였다. 독립군 생활 중 어떤 사람들은 양세봉의 배움이 짧다고 비난하였지만 그는 '통합'이라는 전제하에 어떤 비평이 있더라도 감수하고 남을 비난하지 않았다. 그러나 일본 정부가 남긴 기록이나 그의 행적을 보면 배움의 끈이 결코 짧기만 했던 것도 아니었다.

양세봉의 어머니 김아계는 평범하고 유순한 전형적인 조선 아낙이었다. 그녀는 슬하에 장남 양세봉을 포함 1896년에 원봉, 1900년 시봉, 1905년에 봉녀 그리고 1912년 정봉 등 4남 1녀를 두었다. 둘째 원봉과 셋째 시봉은 집안의 안전을 책임졌고 봉녀는 1916년 같은 농민인 의주군 월화면 마룡동 최승치의 둘째아들 최인세에게 시집을 갔다. 봉녀의 남편 최인세는 1939년 유명을 달리하였다. 그러자 시아버지 최승치는 1941년 중국 청원현 북삼가촌 봉녀의 친정집 가까운 곳으로 이사하였다. 막내 양정봉은 양세봉이 전사한 후에 일본군에게 검거되었다가 풀려났다. 광복 후 중국 길림성 정부 교육처에 근무하였다.

7) 안중근을 배우다. 그리고 한일병합, 서당 문을 닫다

안중근

1909년 10월 26일 중국 하얼빈에서 울려 펴진 일곱 발 총성은 아시아의 지도를 바꾸어 버렸다. 황해도 해주에서 태어난 안중근은 배에 7개의 점이 있어 안응칠이라고도 불렸다. 그는 천주교도로 세례명은 토마스라 하였고 북간도와 노령 연해주에서 독립군 활동을 하였다. 1909년 10월 안중근은 조선 침략의 원흉 이토 히로부미를 하얼빈 역에서 사살하였다. 그는 자신의 행동은 독립전쟁 중 전투 행위이니 자기를 전쟁포로로 대접하라고 요구하였다. 그는 시종 늠름한 태도로 법정에 임하였고 옥중에서 이토의 죄상을 논한 『동양평화론』을 저술하였다.

서당 훈장은 안중근의 업적을 학생들에게 전하면서 그를 귀감으로 삼으라고 하였다 그리고 그의 사적은 국내외에 큰 영향을 끼쳐 그를 '동양의 위인'이라고 부르며 칭송한다고 말해주었다. 지배층에서 안중근을 암살범이라 부르고 일본 조야에 사죄 사절을 보내는 것과 딴판이었다.

양세봉은 안중근을 존경하였다. 특히 그가 여순감옥에서 사형당하기 직전 동생 안정근에게 마지막으로 남겼다는 말은 감동적이

안중근 의사, 신채호 선생이 순국한 중국 여순감옥

었다. "슬퍼하지 말라. 대장부로 태어나 조국과 민족을 위해 모든 것을 바치는데 무엇이 슬프다는 말이냐." 양세봉은 이 말을 새겨듣고 일생의 모토로 삼았다. 조국과 민족! 조국은 나를 낳아주신 이 산하이며 민족이란 피를 나눈 형제들을 말한다. 그는 이후의 삶에 있어서도 '민족주의'라는 틀에 충실하였다. 그는 동포를 위해서는 무엇이든 할 수 있었다. 중국 의용군과의 연합도 오로지 민족을 위해서라면 무엇이든 할 수 있었기 때문이었다.

1910년 8월 22일 이른바 '한일합방조약'이 체결되었다. 서당 훈장은 이 소식을 알려주며 학생들에게 오늘부로 서당 문을 닫고 자기는 평양의 신민회를 찾아 독립운동을 하겠다고 말하였다. 훈장은 양세봉에게 『대한신지지』와 이충무공의 『난중일기』 그리고 『을 지문덕전』이라는 책을 주면서 양세봉 아버지에게 "세봉이는 장래가 기대되는 똑똑한 아이"라고 몇 번을 말하였다. 그리고 왜놈을 위해 일하게 해서는 안 된다고 당부하였다. 양세봉은 이때를 일생 동안 생생하게 기억하였다. 만 16세 소년이었지만 양세봉은 동포들의 삶을 돌아보게 되었다. 침략자 일본에 대한 적개심, 왜 나라가 망하였는가에 대한 의구심 또한 구한말의 민족정세에도 관심을 기울였다.

8) 윤재순

양세봉의 어머니는 베를 짜서 장에 내다 팔았다. 경술국치 이듬해인 1911년 어느 날 여느 때처럼 베를 팔기 위하여 장에 갔다가 생활고로 딸을 데리고 나와 파는 사람을 발견하였다. 그들은 평안북도 용천군 외상면에서 왔다고 하였다. 김씨 부인은 18세가 되었어도 빈한한 집안 환경 때문에 장가를 못가고 있는 큰아들 양세봉을 생각하고 이 아이를 데려다가 몇 년 키우면 며느리로 삼을 수 있지 않을까 생각하였다. 아이 이름은 '재순'이라고 하였다.

성은 윤씨였다. 그들은 평안남도 앞바다에서 물고기를 잡아 생계를 유지해 나가는 어민이었다. 재순의 아버지는 선주에게 돈을 빌려 배를 고쳤는데 어획량이 좋지 못해 돈을 갚지 못하자 딸이라도 팔아 돈을 마련하고자 했던 것이었다. 집에 돌아와서 김씨 부인은 아이의 몫으로 6냥을 주었다. 재순은 똑똑하고 영리한 아이였다. 어려서 어머니를 잃고 배에서 어린 시절을 보냈다. 재순은 새로운 환경에 바로 적응하였다. 양세봉과 그의 형제들도 재순을 정성으로 보살폈다.

동갑인 봉녀는 재순을 언니라고 불렀으며 자기 방을 같이 쓰자고 하였다. 원봉과 시봉, 정봉도 재순을 나중에 큰형님과 혼인할 손윗사람으로 대하고 깍듯이 하였다. 재순은 힘들었던 기억을 모두 잊고 바로 양씨 집 생활에 익숙해졌다. 봉녀와 산나물도 캐고 산을 타고 땔나무도 하면서 어머니 살림을 도왔다. 설날이나 정월 보름에는 여느 조선인 가족처럼 함께 지내고 조상들께 차례를 지냈다. 재순은 그때마다 음식을 장만하는 어머니를 도왔다.

삼월 삼짇날 아버지는 아이들을 데리고 산에 올라가서 큰 나무들을 도끼로 찍었다. 그리고 일 년 동안의 안녕을 빌었다. 그러는 와중에 세봉의 형제들은 학교에서 열리는 운동회에 열심히 참여하였다. 운동회는 조선인에게 운동회 이상의 의미를 갖는 것이었다. 그것은 단순히 운동 시합만 하는 곳보다는 애국 문화운동의 진원지였고 군민들 만남과 소문과 이야기의 발원지였으며 산골 사람의 친목처였다. 그래서 운동회가 끝날 무렵에는 나라 잃은 설움을 토로하고 막걸리에 취한 사람도 볼 수 있었다. 재순과 봉녀는 운동회마다 참여하여 강강술래 춤을 추고 윷놀이도 즐겼다. 양세봉도 열심히 동생들을 데리고 참가하였다. 특히 그는 씨름대회, 줄다리기, 백 미터 경주에서 두각을 나타냈다. 하지만 운동장에서 흘러나오는 민요 가락은 왠지 세봉의 마음을 허전하게 만들었다.

9) 아버지의 죽음과 양세봉의 혼인

양세봉의 아버지는 일제가 신사참배를 강요하고 조선인들에게는 태형을 가한다는 말을 들었다. 그들의 우민정책에 흥분하였지만 농사꾼에게는 농사짓는 일만이 중요한 것이라면서 아이들이 말조심하도록 경계하였다. 평범한 조선의 농민이었다.

1912년 양세봉의 아버지가 몸져누웠다. 결국 김씨 부인, 재순, 봉녀의 애타는 간호에도 일어나지 못하고 눈을 감았다. 향년 42세, 젊은 나이였다. 아버지의 장례는 두 분의 숙부가 맡았다. 아버지의 묘소를 단장하고 나서 세봉은 홀로 계신 어머니에게 더욱 정성을 다하고 가장으로서 농사일을 열심히 하였다. 낮고 작은 집이지만 지붕도 새로 엮고 벽도 흙과 볏짚을 섞어 다시 발랐다. 그리고 미닫이문으로 문들을 새로 달아서 동생들이 따로 방을 쓸 수 있게 하였다. 닭과 꿀벌도 키우고 외양간도 고치는 등 언젠가는 소도 기르리라고 생각하였다. 안채와 사랑채가 없는 평민들의 집이지만 집안은 우애가 돈독하였고 집안 분위기는 활기가 넘쳤다.

아버지가 돌아가신 후 삼 년이 지나자 김씨 부인은 봉녀의 결혼을 서둘렀다. 재순은 같은 방을 썼던 봉녀가 혼인하고 시집에 가버리자 혼자 남게 되었다. 그러자 김씨 부인은 다시 세봉과 재순의 혼인을 서둘렀다. 양세봉의 나이 이미 스물이 넘었다. 그리고 재순은 열두 살이었다. 그녀는 애초부터 민며느리로 온 것이니까 신혼거리를 많이 준비할 것도 없었다. 잔치를 하고 함과 예물을 보내며 **폐백**

을 하는 것과는 본시부터 거리가 멀었다.

1916년 두 사람은 가족들과 이웃 어른 몇 분만을 모시고 조촐한 결혼식을 올렸다. 소박하고 간결하였다. 어머니는 까치밥이라고 하면서 앞마당 나무 위에 주먹밥을 걸어 두었다. 세봉은 결혼한 뒤 더욱 열심히 일하였으나 자기 땅이 없이 소작을 부치는 한 경제적 형편은 나아지지 않았다. 나라 없는 백성이 어찌 제 땅이 있으랴? 삼천리 방방곡곡은 이미 일본인 소유가 되었고 나머지 땅은 소수의 양반이나 나라를 팔아먹는 데 앞장선 친일 권력층의 땅이었다. 나라가 있어야 우리의 것도 있는 것이다. 양세봉은 자기 손을 거쳐 푸르게 익어가는 벼와 논 그리고 수로를 볼 때마다 이름만 남긴 채 사라져 버린 대한제국이라는 나라를 생각하였다. 참으로 아무것도 해 준 적이 없는 나라였고 국가였다.

1917년 봄 설상가상으로 숙부가 세상을 떠나고, 재가를 하지 않는 숙모를 못마땅히 여긴 그의 친정에서 한 사람 먹는 입이라도 줄여 보고자 가족을 아예 팔려 했던 것이다. 홀로 사는 숙모 문씨와 운도, 운항이를 양세봉이 떠맡게 되었다. 없는 살림에 세 식구나 받아들인다는 것은 큰 부담이었다. 굶주림과 차별, 그리고 끝이 보이지 않은 가혹한 노동은 그에게 압록강 건너 중국 땅을 바라보게 하였다. 아버지는 여기서 물만 건너면 중국땅이라고 말씀하시곤 하였다.

제6부

중국으로 이주, **독립군**이 되다

제6부 중국으로 이주, 독립군이 되다

1) 흥경현 영릉가

1917년 흉년이 들자 지주들은 지세를 현물이 아닌 현찰로 받기 시작하였다. 어디를 보아도 살 길은 보이지 않았다. 많은 사람들이 고향을 등지고 중국으로 도망쳤다. 양세봉 집도 마찬가지였다. 그해 겨울 결국 양세봉은 온 식구를 데리고 걷고 또 걸어서 흥경현에 이르렀다. 영릉가 부근 '보각사'라고 하는 절터에 앉아서 휴식을 취하다 만주족 서 씨라는 사람을 만나 그의 친척집에서 소작하기로 하였다. 양세봉은 산에 가서 나무를 하고 땔나무를 20리 떨어진 영릉가 시장터에 내다 팔았다. 그 사이 많은 조선인이 영릉가 곳곳에 이사를 왔다. 이사 오는 대로 조선의 옛 풍습을 찾아 서로 인사하고 없는 살림이지만 식량이나 채소 등 먹을 것을 나누어 먹었다. 왕청문, 홍묘자는 조선인 집거 지역이었다. 1919년 양세봉은 흥경현 동부에 있는 홍묘자 사도구(四道溝)로 이사를 갔다. 그리고 소산성자에서 4년 남짓 살다가 신변의 위협을 느껴서 조선인이 더욱 많이 모여 사는 금구자(金溝子)로 이사하였다.

청나라 때는 흥경과 관전, 통화 일대를 '동변도'라고 불렀다. 양세

홍묘자 영영촌

조선혁명군이 항일전을 치른 영릉가 현재 모습 조선혁명군은 항일중국군과 연합하여 영릉가에서 일본군과 만주
국군을 물리치고 전과를 올렸다. 현재 신시가지로 변해 있다.(사진=독립기념관)

최근에 찍은 금구자(왼)와 사도구

봉과 같이 삶에 허덕이는 조선인이 흉년과 수탈을 피해 와서 살던 지역이었다. 동변도 이주는 3기에 걸쳐 이루어졌다. 제1기는 19세기 중엽에서 1910년 경술국치 전후까지, 제2기는 1919년 3·1운동 때부터 1931년 9·18사변 때까지, 그리고 중일전쟁 이후였다.

　세 번째 이사 간 금구자는 조선 말 의병장인 유인석의 근거지로 그가 만든 농민 자치단체인 '농무계'가 살아 있었다. 양세봉은 조와 보리를 심는 밭농사에서 벗어나 논농사를 짓고 싶었다. 온 식구들이 달라붙어 물길을 내었다. 수로를 만들고 논두렁을 내며 써레질과 모내기를 하였다. 열 살 넘은 정봉이는 보채지 않고 할머니를 잘 따라 주어 성가시게 하지 않았다. 심지어 어린 자기도 모내기 하겠다고 성화였다. 그 해 가을 수확 철이 되었을 때 벼농사는 밭농사의 몇 배를 초과하였다. 그 뒤 흥경 지역 많은 밭이 논농사를 주로 하는 수전으로 바뀌었다. 양세봉은 재주 있는 훌륭한 농사꾼이었다. 실제로 동변도 지역 논농사 대부분은 조선인에 의해 이루어졌다. 비록 양세봉은 거기에 전부 관여하지 않았더라도 동변도 지역 벼농사의 효시를 이루었다.

훗날 운허 스님이라 불린 이학수가 1914년 흥경현 홍묘자에 사립학교 '흥동학교'를 세웠다. 이 학교는 박은식이 쓴 『발해태조 건국지』 등 민족사학 교재를 사용하였다. 애국지사였던 교장 이세일은 '흥동학교' 운동장에서 만세운동을 제안하였다. 용정 3·13 만세운동의 여파로 일어난 왕청문의 3·19 만세운동 직후여서 곳곳이 삼엄하였지만 홍묘자만큼은 경계가 덜하였다. '흥동학교' 교정에는 수백 명의 한인 학생과 조선인이 함께 모여 조선인 독립 만세를 외쳤다. 시위대는 염려했던 것과 달리 별다른 제약을 받지 않았다. 양세봉은 모든 식구들을 이끌고 참여하였다.

홍묘자 만세운동은 양세봉 일가에게 큰 영향을 주었다. 가족 모두 조선의 운명과 처지를 통감하였으며 독립운동에 대한 의식을 갖추게 되었다. 이것은 훗날 양세봉이 무장 항일투쟁에 전념할 때 온 가족들로부터 지지와 성원을 받는 주춧돌이 되었다. 집안에서도 경사가 있었다. 그것은 만세운동에서 알게 된 해원과 둘째 원봉의 결혼이었다. 해원은 15살, 원봉은 이미 25세였다. 해원이 양세봉 집으로 시집을 와서 빠듯한 살림에 식솔이 한 사람 더 늘어났지만 그것은 외인(外人)으로 재순이 혼자만은 아니라는 증표가 되어 재순은 더욱 기뻤다.

2) 양세봉, 독립운동에 뛰어들다

만주에서는 만세운동 이후 조국해방이라는 뜻과 목적은 같았으나 방법을 조금씩 달리하는 단체가 우후죽순으로 생겨났다. 1919년 상해 임정이 설립되자 만주의 독립군을 지휘할 본부로 '서로군정서'가 생겼다. '서로군정서'는 항일 무장투쟁을 목표로 하였다. 독판은 이상룡, 부독판 여준, 정무총장 이탁, 참모부장 김동삼, 사령관 이청천이었다. '서로군정서'에는 독판 아래 군조직이 있었다. 입법기관으로 시의회를 두었으며 지방 조직을 둔 하나의 자치정부와 흡사하였다. 그리고 남만주에는 조맹선의 '대한독립단', 관전현에 현익철의 '광한단', 윤기섭 등 신흥무관학교 졸업생을 중심으로 뭉친 '신흥학우단', 오동진의 '광복군 총영', 안병찬의 '대한청년연합회', 김중량의 '보합단' 등 독립운동 단체가 생겨났다.

양세봉은 해마다 열심히 일하였다. 하루는 지주로부터 빌린 소로 논일을 하고 있었는데 '한국독립단'에서 소를 가진 농가로 인식되어 30원이나 되는 돈을 기부하라고 연락이 왔다. 양세봉은 자기 소유의 소가 아니라는 증명을 하느라 독립군 산채에 처음으로 가보았다.

어느 날 마을에 또 다른 독립단이 찾아왔다. 집집마다 세금을 물리고, 당장 낼 돈이 없는 집은 홍묘자 서세명에게 차용증을 쓰고

청산리대첩을 이끈 북로군정서군(승리후 기념사진, 앞줄에 앉은 사람이 청산리대첩에서 비참하게 진 일본군
김좌진)

반강제적으로 돈을 빌리라고 하였다. 가구당 5원, 그리고 18세 이상 남자들은 두당 1원 50전이었다. 돈이 모일 때까지 며칠을 묵은 두령 정창하는 촌민들에게 환인현까지 길 안내를 부탁하였다. 양세봉은 환인현 괴마자까지 가는 길에 정창하 대장의 청을 받아 길을 안내하는 독립단 지역 대원이 되었다.

양세봉은 사도구와 소산성자 농민들에게서 곡식을 거두어 사도구 정재생의 집에 맡겼다. 때가 되면 그것을 현금으로 바꾸곤 하였는데 정재생이 곡식을 몰래 밖으로 빼돌렸다. 이 일을 알게 된 흥경현 정부가 남은 군량을 모두 몰수하였다. 일이 이렇게 되자 독립단에서는 양세봉이 정재생과 짜고 한 일이라 오해하고, 이 두 사람을 죽여야 한다고 주장하였다. 양세봉은 억울하였지만 피신하는 것 외에 방법이 없었다. 동지를 잘 사귀어야 된다는 것을 뼈저리게 깨달은 그는 고향인 평북 철산으로 피신하였으나 그 곳은 예전보다 더욱 황폐하였다. 이렇듯 독립군이란 말 타고 산야를 달리는 낭만적인 것보다는 현실적으로 마적에 가까운 수준이었다.

3) 천마산 독립군에 입대하다

고향을 다시 떠난 양세봉은 평북 의주에 있는 '천마산 독립군'에 입대하였다. 1922년 초겨울, 집을 떠난 지 석 달이 지난 후였다. 천마산 독립군은 1920년 3월 평북 지역 40여 명이 조직한 독립군 단체였다. 사냥총 20여 자루로 무장하여 절반 가까운 대원들은 총이 없었지만 그들의 의기와 일제를 향한 적개심은 하늘을 찌를 듯하였다. 천마산 독립군은 3개 소대로 편성되었다. 대장은 최시흥, 소대장으로는 허기호, 최지풍 그리고 김덕명이었다. 이들은 평북 의주와 구성, 삭주 일대에 걸쳐 있는 천마산에 근거지를 두고 일본 파출소를 급습하는 등 유격전을 펼쳤다.

양세봉은 3주간 훈련을 마치고 최지풍이 소대장으로 있는 2소대에 배속되어 독립군 생활을 시작하였다. 그는 유수동 전투에 참여하고 의주군 옥상면 파출소를 공격하였다. 일본은 대대적인 병력을 동원하여 천마산 근거지를 공격하고 토벌에 나섰다. 그러자 천마산 독립군은 주요 병력을 중국으로 이동하여 오동진이 조직한 광복군총영과 합류하였다. 양세봉은 제3중대 광복군 철마병영으로 재편되었다.

오동진은 최시흥을 천마별영 영장으로 임명하며 양세봉을 소대장 최지풍과 함께 중국으로 오게 하였다. 오동진의 광복군총영은 관전현에 있었다. 천마산 독립군은 흥경을 거쳐 관전으로 가야 하는데 길을 잘 아는 양세봉이 안내하였다. 1923년 3월이었고 봄 냄새는 천지를 덮고 있었다. 정재생 사건으로 흥경현을 떠난 지 꼭 반 년 만이었다.

4) 다시 찾은 집 그리고 양시봉의 결혼

양세봉이 금구자의 집에 도착한 것은 해가 막 솟아 나온 아침이었다. 재순은 밥을 하다말고 멍하게 세봉을 쳐다보았다. 꿈에도 그리던 남편이 눈앞에 서 있다. 집을 떠난 지 6개월 동안 별의별 생각을 했었다. 혹시나 길에서 죽지는 않았는지, 아니면 독립단 사람들이 말한 대로 누군가와 짜고 양식을 빼돌렸는지…. 아니 애초부터 그는 그럴 사람이 아니었다. 재순은 남편의 위인됨을 믿었다. "하늘이 알고 땅이 아오. 나는 내 양심에 비추어 부끄럽게 산 적이 결코 없소." 세봉이 말했었다.

그런 그가 이번에는 진짜 독립군이 되어 총을 들고 불쑥 나타난 것이다. 재순은 눈물이 핑 돌았다. 귀녀는 아빠인지 알고 이미 부엌에 내려와 있다. 귀녀는 벌써 네 살이었다. 말귀를 알아듣는 아이는 아빠라고 부르지는 못하고 엄마 손을 잡고 부끄러운 듯 서 있다. 양세봉은 아이를 안아 높이 치켜 올렸다.

어머니는 '얘야 네가 왔느냐' 하고 세봉의 손을 잡고 하염없이 울

대한민국 임시정부 육군 주만 참의부 대원들. 1920년대 중반으로 추정된다. 참의부는 사이토 총독을 저격하고 국내 진공작전을 주도했다.(사진가 권태균 제공)

뿐이었다. 동생들이 나란히 섰다. 중국에 올 때 어린아이였던 정봉도 이제는 열 살이 넘어 있었다. 셋째 시봉은 부리나케 형이 메고 온 총과 다른 대원들의 총을 받아 일부는 불을 때지 않은 아궁이에 종이로 싸서 감추어 두고 나머지는 방 윗목에 일렬로 세워두었다. 그런 다음 둘째 원봉과 같이 망을 보러 동네 입구로 나섰다. 그리고 양세봉과 같이 온 동료 중에서 집에서 잠을 잘 사람과 동네 집에서 묵을 사람들을 갈랐다. 총을 감추는 시봉의 솜씨가 예사롭지 않았다. 양세봉은 동생들의 뒷모습이 믿음직스러웠다.

1923년 셋째 시봉이 열한 살 아래인 김화순과 결혼하였다. 양시봉은 스물넷, 김화순은 열세 살이었다. 그가 머슴살이를 시작한 김씨 집에서 알고 지낸 또 다른 김씨 아저씨의 딸이었다. 김화순은 나이는 어렸으나 대범하였고 무엇보다도 형제들이 많은 집안에서 무슨 일을 어떻게 해야 하는지를 잘 알았다. 그녀는 몸이 건강하여 집안의 큰형님인 재순이 못다 한 일을 많이 하였다. 양세봉이 집에 휴가 올 때마다 가져온 독립군들이 입었던 옷을 빨고 깁는 것, 또 재순이 의준이를 배고 입덧이 심하여 힘들어할 때 그녀를 연로한 시어머니와 함께 잘 돌보았을 뿐 아니라 안전하게 조카들을 데리고 있는 것도 그녀의 일이었다.

5) 참의부 참가, 고마령전투

일제를 타도하기 위해서 남만주 여러 독립운동 단체들은 분산된 역량을 통합해야 된다는 필요성을 절감하였다. 이에 따라 1922년 8월 '대한통의부'가 설립되었다. 이 조직에 광복군총영도 참가하였다. 오동진은 양세봉에게 검서관이라는 직책을 부여하였다. 검서관이란 무기를 점검하고 비품들을 관리하며 규율도 지키게 하는 직책을 말한다. 때로는 훈련도 같이 받았다. '통의부'는 공화주의 이념을 표방하고 자치활동과 무장활동을 병행하며 남만주에서 커다란 세력을 이루었다.

1923년 초 전덕원이 복벽주의를 내세우며 '통군부'를 조직하고 이탈하였다. 그러자 남만주 독립운동 세력의 분열에 실망한 '통의부' 의용군 일부가 임시정부와 연락하고 임시정부 직할 군단을 조직하였다. 즉 1923년 8월 새로 조직한 군정부 명칭을 '대한민국 임시정부 육군주만 참의부'로 결정하였다. '참의부' 관리 범위는 집안

현을 중심으로 만오천 호 가량의 조선인 마을이었다. '참의부' 설립 초기 주요 임무는 반일무장 항쟁이었다. 양세봉도 '참의부'에 참가하여 3중대 소대장이 되었다. 그리고 일 년 후 1924년 말 오동진의 특명에 따라 중대장이 되었다.

양세봉은 압록강을 건너 국내에 진공하여 강계, 자성에서 일본의 국경수비대와 전투를 벌였다. 1924년 5월 양세봉은 소수의 군사를 데리고 국경을 시찰하던 사이토 조선총독 일행을 저격하였다. 비록 성공하지는 못했지만 신민 권력 수괴에 대한 공격이 동포들에게 준 영향은 아주 컸다.

1925년 3월 14일 '참의부'는 집안 고마령에서 간부회의를 하고 있었다. 그 때 '보민회' 한 단원이 밀고하여 평안북도 경찰국 조선인 순사부장을 필두로 6개 분대가 밤중에 압록강을 건너와 습격했다. 그들은 수적 우위를 이용해 먼저 계곡을 점령하고 회의 장소를 포위하였다. 회의에 참석하였던 '참의부' 간부들이 용감히 싸웠다. 양세봉, 박대호 등은 무사히 포위망을 벗어날 수가 있었으나 최지풍 등 중대장을 비롯하여 중앙집행위원장 등 43명이 희생되었다. 최지풍은 양세봉이 천마산대에 참석하였을 때부터 상관이었다. 사흘 후 양세봉은 싸움터를 다시 찾아 최지풍과 죽은 동료들 시신을 수습하여 묻어 주었다. '참의부'는 3부 자체 내의 반목과 질시 특히 고마령 사건으로 커다란 타격을 받았다.

양세봉은 중대장으로 진급되었다.

6) 양세봉, 정의부에 가다. 그리고 길림에 상주

한편 '통의부'는 환인현에 있던 본부를 흥경현 왕청문으로 옮기고 조직을 재정비하였다. 그리고 1924년 10월 독립운동 9개 단체를 통합, 그해 11월 '정의부'를 발족하였다. 오동진을 비롯한 각계 대표들은 길림 신개문에 모여 독립운동 세력의 구심점으로서 좌우익을 모두 아우르는 '고려혁명당'을 결성하고 '정의부' 세력을 지원하기로 결정하였다.

바로 이때 양세봉이 부대를 이끌고 '정의부'에 몸담고 있는 오동진을 찾았다. 그리고 '정의부'에 가담하였다. 양세봉은 사실상 부사령으로 있는 오동진을 보고 찾아간 것이었다. 오동진은 무척 반가워하였다. 그는 양세봉은 일단 5중대 1소대 소대장으로 임명하였다. 양세봉은 실질적으로 강등되었지만 오동진이 임명한 것이니까 아무 내색도 하지 않았다. 그를 믿는 마음은 변함이 없었다. 남들은 '정의부'에 오면서 일 계급씩 특진을 하는데 유독 그만 강등된 것은 '참의부' 쇠퇴와 관계가 있을 터이고, 둘째는 오동진 영장의 숨은 뜻이 있을 터였다. 자, 이것 보거라. 나는 나를 보고 찾아오는 사람에게조차 강등 조치를 취하였으니 나로 인해 진급된 사람들은 마땅히 기뻐해야 할 일이다. 이런 것이 아닐까. 실제로 오동진의 그 뒤의 행적을 보면 양세봉에게 중요한 일을 더욱 많이 맡겼고 아울러 상해 임정 등에서 온 유력 인사들을 소개하였다.

오동진은 백서농장 김동삼과 함께 만주 독립군의 스승이었다.

그는 1889년 평북 의주 출신으로 양세봉보다 다섯 살 더 많았다. 양세봉은 그를 보며 국내진공이나 일제의 관공서 습격, 친일파 처단 등 항일투쟁 방법을 배웠다. 1927년 일경에 체포될 때까지 오동진은 일제 관공서 습격 143회, 일제관리 살상 149명, 친일인사 및 밀정 795명을 살상하는 등 만주 무장투쟁의 핵심 인물이었다. 또한 김형직이 죽은 다음 그의 아들인 김성주의 뒤도 돌보았다. 오동진은 김성주에게 잊을 수 없는 은인이었다.

양세봉은 처음에는 흥경현 왕청문에, 다음에는 길림으로 배속되었다. 흥경에서 길림으로 간 것도 오동진 뜻이었다. 당시 길림성 성장이자 행정장관이었던 장작상은 불령선인(不逞鮮人)[6]이나 공산당원을 붙잡아 일본 측에 넘기라는 요청을 묵살하는 등 모호한 태도로 일관하였다. 그의 이러한 태도는 조선인에게 유리한 조건을 제공했다. 그리하여 길림은 독립운동가들이 활약하는 동변도 항일투쟁의 중심지가 되었다. 당시 길림에서 독립운동가들의 주요 활동 장소는 창읍가 '부흥태정미소', '태풍합정미소' 등이었다. 이곳은 독립운동가들 숙소나 다름이 없었고 '정의부' 사무실로도 쓰였다.

양세봉은 농촌을 벗어나 길림이라는 시(市)로 파견되어 새로운 눈을 뜨게 되었다. 그가 이상룡 등 많은 독립운동 지도자를 알게된 것도 길림 시절이다. 또 말로만 들어왔던 손정도 목사를 만난 것도 그때였다. 손정도 목사는 양세봉을 만날 때부터 많은 관심을 보

---

6) 일제 강점기에, 불온하고 불량한 조선 사람이라는 뜻으로, 일본 제국주의자들이 자기네 말을 따르지 않는 한국 사람을 이르던 말

였다. 그는 아들 둘이 있는데 큰애는 원일, 작은애는 원태라고 불렀다. 손 목사는 독립운동가들이 자주 찾는 '삼풍여관' 부근에 교회당을 운영하면서 독립운동을 전개하였다. 김성주도 1926년 아버지 김형직 장례를 마치고 이듬해 길림으로 왔다. 그는 손정도 목사 집 옆에서 지내고 있었다. 김형직과 의형제를 맺은 김시우는 '정의부' 화전 총관으로 있으면서 남대

손정도

가에서 '영풍정미소'를 운영하였다. 그는 독립군에게 식량을 제공했고 '정의부'가 세운 '화성의숙'과 일부 소학교에 자금을 지원하였다.

7) 왕동헌과 만남

1924년 여름 일본의 만주 합방을 청원하고 독립군들을 색출하는 친일단체 '보민회'의 횡포가 극에 달할 무렵이었다. 하루는 양세봉이 시내를 지나가다가 학교 앞에서 학생들의 글 읽는 소리에 끌려 교실 창문에 다가가 교실 안을 들여다보는데 누군가가 그를 쳐다보고 빙그레 웃고 있었다. 중국말을 조금 할 줄 안다고 하는 양세봉의 말에 기뻐하며 그는 뜻밖에 교장실로 양세봉을 이끌었다. 통성명을 통해 그가 바로 학교의 교장인 왕동헌임을 알게 되었고

왕동헌도 양세봉이 조선독립군이라는 것을 알게 되었다.

왕동헌의 다른 이름은 왕자신이다. 그는 청조 말기 봉천사범대학을 졸업하고 일본으로 건너가 손문이 주도하는 동맹회에 가입하였다. 왕동헌은 손문의 두터운 신임을 받았고 1911년 우한(武漢)에서 일어난 신해혁명에도 참여하였다. 그러나 그는 무인이라기보다는 학자풍 선비였다. 유학을 마친 뒤 민중의 우매함과 낙후감을 목격하고 이를 깨우치려는 목표로 고향에 돌아와서 학교를 설립한 것이다.

"쑨원 선생과 일본에 있을 때 그가 일본인은 아시아인이 아니다라고 이야기를 한 적이 있습니다. 같은 동양인으로서 다른 동양을 침략하고 있으니 어찌 같은 동양인이라고 할 수 있겠습니까? 일본은 조선의 독립을 허락하고 아울러 여순 대련에서 철퇴하고 산동문제를 중국에서 처리하고자 넘겨주어야 합니다."

양세봉이 말을 받았다.

"… 중국과 조선은 예로부터 좋은 친분을 갖고 있으며 어려울 때는 서로 도왔습니다. 그런데 지금 왜놈들은 두 나라 인민을 서로 원수가 되게 하려고 이간질을 하고 있습니다. 이에 대해 선생님의 의견은 어떻습니까?"

"일본은 조선을 점령하고 그 점령한 조선을 내세워서 일본의 영토라는 이유로 만주를 엿보고 있다는 사실은 주지의 사실입니다. 따라서 우리는 주저 없이 조선의 독립운동을 지지해야 합니다. 중국에서 일본의 압력에 굴복하여 싸우지 말자는 사람들이 있는데 이것은 잘못된 것입니다. 저는 제 힘껏 조선의 독립운동을 도울 것입니다. 그것이 중국에도 애국하는 길이니까요."

이 날의 대화는 두 사람에게 참으로 유익하였다. 양세봉은 동변도 저명인사인 왕동헌에게 깊은 인상을 받았다. 왕동헌도 당시 '참의부' 소대장 양세봉에게 많은 호감을 느꼈다. 이후 양세봉은 왕동헌을 존경하는 선배 현익철을 포함해 이웅, 고이허, 오동진, 최동오, 현정경, 김시우 등의 독립지사들에게 소개하였다. 때로는 그에게 독립군 앞에서 시국 강연이나 연설을 청하기도 하였다.

양세봉이 먼저 말하였다. 그리고 왕동헌이 뒤를 이었다.

"… 조선은 우리들의 이웃이고 친구입니다. 그러나 갑오전쟁을 겪으면서 일본이 조선을 점령하였습니다. 그리고 이제는 중국을 침략하려는 마수를 드러내놓고 있습니다. 그러므로 여러분의 항일투쟁은 조선뿐만 아니라 그것을 넘어 중국과도 관계가 있으며 나아가서는 제국주의 침략에 허덕이는 동양 각 국의 문제를 대변하는 것이기도 합니다.

… 손중산 선생은 중국이 자유, 평등을 쟁취하려면, 세계 피압박 민족을 원조해야 하며 그들과 연합하여 공동으로 분투해야 한다고 말씀하셨습니다. 조선의 독립을 위해서 노력하시는 여러분들은 길게 보면 모두 우리 편인 겁니다. 여러분들을 적대하는 세력은 모두가 손중산 선생에 대한 배신이며 진정으로 나라를 염려하는 중국 사람도 아닙니다. 따라서 우리는 여러분들을 적극 지지합니다. 정부도 손중산 선생의 뜻에 따라 민족평등을 위해 노력할 것이며 여러분들의 투쟁을 적극 돕겠습니다. 일본제국주의를 멸망시키고 동양의 평화를 지키며

더 밝은 세상으로 함께 나아가기 위해 노력할 것입니다."

1925년 장작림은 조선인 특별단속령을 내렸다. 무기 휴대를 금지하며, 연좌제를 실시하고 집집마다 문패를 내걸라고 하였다. 일본 침략에 조선인이 끼어 있다는 것이다. 만주에 일본 영사관이 설치되어 조선인을 곧 일본 국민으로 간주하자 많은 중국인들은 조선농민의 발전이 일본 영토의 확장으로, 결국에는 일본 침략의 발판이 된다고 하였다. 일본 경찰이 조선 인민을 보호한다는 명목으로 출병을 하곤 하였다. 따라서 많은 중국인들이 조선인을 일본 제국주의의 앞잡이라고 여기고 멀리하였다.

왕동헌은 왕청문 현 참의원과 구장이 된 뒤에는 만주국 정부인사와 군경들에게 조선독립군 목표가 일본 제국주의를 타도하는 것이고 조선인은 중국인 편이라고 가르쳤다.

조선 사람이 일본의 앞잡이라고 하였던 시절, '조선인민회'나 '보민회' 등 친일단체가 왕동헌을 조선 독립운동의 배후 지원자라며 밀고한 적도 있었으나 일제는 감히 그를 체포하지 못하였다. 그만큼 그의 성과는 확실하였다. 그와 양세봉과의 친교 관계는 나중에 양세봉이 공동으로 항일의용군을 조직하고 연합투쟁을 할 수 있는 기초가 되었다. 실제로 왕동헌은 1929년 6월 '국민부'가 길림에서 흥경현 왕청문으로 이전하였을 때 보호하였고, '국민부'를 지도하는 정당으로 하는 '조선혁명당'이 창당되고 이를 무력으로 보좌하는 '조선혁명군'이 결성되었을 때 자기 일처럼 기뻐하였다.

8) 금구자로 이사, 김형직의 죽음

시봉은 연로하신 어머니, 원봉과 정봉 형제들, 숙모네 식구들하며 양세봉의 이제 네 살 난 딸과 윤재순의 안전을 책임졌다. 열두명 식구의 먹는 것을 챙기기도 쉽지 않았다. 시봉은 흥경현을 벗어나 더 깊은 산골인 금구자로 이사를 해야겠다고 했다. 일제의 손길을 피해서 살아왔는데 '보민회' 조직이 흥묘자 사도구에도 생겨 안전을 담보하기 어렵다는 이야기였다.

일본은 1925년 6월 동북군벌 장작림 정부와 미쯔야 협정을 맺어 모든 독립군의 활동을 위법이라고 판시하였다. 잠시 그 구체적인 내용은 다음과 같다.

"조선 교민에 대해서는 호구를 엄격히 조사하고 문패를 내걸게 하여 서로를 감시하게 한다. 어떠한 일이 있더라도 누구든 무기를 휴대하고 조선 경내로 진입하는 것을 엄금한다. 이 규정을 위반하면 체포하여 일본당국에 인도한다. 조선인의 모든 사회활동을 금지시키고 무기를 압수하며 만일 일본이 지명한 사회활동의 괴수가 있다면 중국은 이를 체포하여 일본에게 보낸다. 중일 쌍방은 이를 위하여 자주 정보를 교환한다."

불과 반년 만에 일어난 일이었다. 양세봉은 재작년 시봉이 금구자로 이사를 하겠다는 말을 이해하였다. 큰 동생 원봉은 때때로 오는 형을 돕고 낯선 이들을 경계하겠다면서 뒷집에 살았다. 어머니는 둘째아들 원봉이 모셨다. 일단 가족에 대한 염려는 덜했지만 위기가 시작되고 있었다. 중국 군벌도 독립군을 수시로 간섭하고 체포할 수 있게 되고, 독립군은 무기를 지니고 국경을 넘어 월경을 할 수도 없다. 그만큼 무장 항쟁을 하는 독립군의 활동은 제약을 받을 수밖에 없는 것이다.

그때 양세봉에게 무송에서 급한 소식이 와 닿았다. 병상에 누운 의동생 김형직이 위독하다는 것이다. 서른한 살인 그는 몸은 강한 편은 아니었으나 생명에 지장 있을 만큼 허약하지도 않았다. 그러나 일본인의 감옥을 제집처럼 드나들던 김형직이 고신으로 몸이 상하였을 것이다. 독실한 기독교 신자인 김형직은 평양 숭실학교를 나온 뒤 1917년에 비밀결사 '조선국민회'에서 독립운동을 하다 체포되었다. 그리고 만주 길림으로 건너와 독립운동을 하느라고 유치장을 제집 드나들듯이 하면서 몸이 몹시 상했다. 한의원을 차리고 돈을 많이 벌었다고 하여 한시름 놓던 참이었다.

양세봉은 바로 무송으로 달려갔다. 김형직은 전년 일제의 후창 경찰서 유치장에서 독립군들의 도움으로 탈옥에 성공한 뒤 많이 쇠약해져 있었다. 일생을 독립운동에 바친 그는 엄격한 반공주의자요 독실한 기독교 신자였으며 그런 그의 태도를 한 번도 바꾸지 않다. 심지어 공산당원이라면 치료를 거부하였던 김형직에게 공산주의자 누군가 앙심을 품고 총을 쏘았다는 말이 있을 정도였다. 그런 그의 친아들 김성주가 공산주의자가 되었다는 것은 아이러니이다. 이때 김성주는 양세봉이 추천서를 쓰고 오동진의 주선으로 길림 '화성의숙'에 재학 중이었다. 김형직은 오동진을 평생 형님이라 불렀고 김성주가 만난 독립군의 제일 큰 어른도 오동진이었다. 양세봉이나 최윤구 같은 독립군 대장들도 한때는 모두 그의 부하였다. 김성주는 '화성의숙'에서 오래 있지 못하였다. 아버지 김형직이 1926년 6월 사망하였기 때문이다. 양세봉은 그의 장례를 마치고 돌아왔다.

9) 삼부 정립과 갈등

이쯤에서 '통의부'와 '참의부', '정의부' 그리고 동만에 김좌진을 중심으로 설립한 '신민부' 등에 대해 상세히 알아본다. '통의부'는 동변도에서 '서로군정서'를 포함, 말 그대로 많은 무장 항일단체를 하나로 묶은 통합조직이었다. 1922년 유하현에서 설립되어 나중에 흥경현 왕청문으로 옮겼다. 최초 71명 대표 중 김동삼이 총장을, 오동진이 무력부대 사령, 이천민이 참모장을 맡았다. 46개 소대가 있었고 병력은 약 1천2백여 명으로 추산된다.

'통의부'는 나중에 복벽파와 공화파로 갈라져 내부 파벌싸움이 매우 치열하였다. 복벽파는 조국이 독립되더라도 고종을 황제로 복위시키는 목표로 하는 조직을 말한다. 그러나 복벽파의 뜻이 통하지 않자 그들은 '통군부'라는 별도의 조직을 만들어 공화정을 지지하는 '통의부'를 공격하였다. '통의부' 지도자들은 이들이 이적행위를 하고 있다고 규정하고 복벽파들을 체포 및 심문하였다. 복벽파는 판결에 불복하고 오히려 '통의부' 간부들을 습격, 동료를 살해하였다. 이에 대해 '통의부' 참모장 이천민이 무력으로 그들을 제압, 군법재판을 열고 사형을 선고하였다. 양세봉은 복벽파들을 체포하고 심문하는데 부름을 받았으나 응하지 않았다. 우리가 투쟁하는 대상은 일본이지 같은 동포가 아니기 때문이었다. 그러나 이러한 사태에 실망한 일부 의용군들이 '통의부'나 '통군부'를 이탈하여 상해 임정의 직할군단 '참의부'를 조직하였다.

홍경현 왕청문에서 남만 삼천 중 하나로 불리는 동천 신팔균이 위만군 토벌대에 희생된 것도 이때였다. 대한제국 무관학교 육군참위 출신 신팔균은 사실 일본군의 사주를 받은 만주군 떨거지들에게 희생되었다. 신팔균은 양세봉에게 닮고 싶은 하나의 표본이었다. 그는 '신흥무관학교'의 유능한 교수요, '통의부'에서는 훌륭한 군사사령관이었다. 양세봉은 프랑스대혁명이나 러시아혁명, 반혁명 등 국제 정세나 정치나 종교, 이념에 대해서 아는 것이 많지 않았다. 하지만 조선을 병합하고 신팔균을 죽게 한 일본에게서 빼앗긴 나라를 되찾아 국권을 회복하고 동포들에게 조국을 물려주는 것, 그리고 일제의 교활함과 술수를 증명하고 막는 것을 일찌감치 자신의 신념으로 여겼다.

경술국치를 전후로 한국의 지식인들과 애국자들은 선진사상을 많이 받아들였다. 신사조인 민주주의, 사회주의, 무정부주의 등을 받아들인 사람들을 '신파', 과거 왕권주의 신민사상으로 무장된 사람들을 '구파'라고 불렀다. 양세봉은 두 파벌의 대립에 실망하였고,

신팔균

한국광복군 총사령관 시절의 지청천
장군

여기에 일본의 모함에 의한 신팔균의 희생을 안타깝게 여겼다. 그들의 모략은 형태만 달리하여 계속될 것이다. 양세봉은 생각하였다. 어쩌면 극심한 파벌싸움도 그들의 꼬드김이 아니던가. 양세봉은 '통의부'가 최초 성립될 때만 하여도 순진하게 조선 민족이 한마음으로 단합하여 일본에 대적하면 일본을 몰아낼 수 있을 것으로 믿었다. 그러나 '복벽파'와 '공화파'의 대립에서 시작하여 '외교파'와 '무장투쟁파'의 갈등, 거기에 일본의 이간책이 맞물려 온 힘을 다하여 싸워도 쉽지 않았다.

1924년 11월 25일, 남만의 8개 단체가 회의를 열고 이를 합병하여 '정의부'를 조직하였다. 그리고 중앙집행위원회 위원장에 이탁, 군사부장에 지청천, 외무부장에 현익철, 참모장에 김호를 임명하였다.

한편 1925년 3월 동만 북쪽 연변을 중심한 지역에서는 북로군정서등 열 개 단체도 통합되어 '신민부'가 결성되고 중앙집행위원장으로 김혁, 군총사령관으로 김좌진이 임명되었다. 갈라졌던 독립단체는 이렇게 '참의부' '정의부'와 '신민부' 3부로 정립되었다. 그러나 지역과 이념에 따라 설립된 삼부는 각자 의견이 다르다보니 사사건건 대립하였다. 더구나 중재하는 기관까지 없다보니 대립이 심해지고 영토를 확장하기 위한 쟁탈, 심지어는 무력충돌까지 벌어졌다. 독립을 방해하는 세력은 일본만이 아니었다. '참의부' 주된 성원들이 '정의부'의 습격을 받고 유명을 달리한 것도 그중의 하나였다.

그러는 와중에 양세봉은 '정의부' 일원으로서 오동진의 명을 받들어 바쁜 나날을 보냈다. 오동진은 상해 임시정부 국무위원으로 임명되었는데 만주에서 무장투쟁이 더욱 중요하다며 상해로 가지 않았다. 사실 '정의부'는 오동진이 있다 보니 무장투쟁의 맥을 이을 뿐 원래는 자치를 목적으로 설립된 기관이었다. 즉 '정의부'는 산업과 교육의 발전, 그리고 행정과 치안에 중점을 두었다. 그리고 현실적으로 당시 조선 인민의 삶과 아무런 상관이 없는 3권 분립방식을 채택하였다. 조세징수를 하다 보니 군민과 마찰도 적지 않았다. 오동진이 군사위원장 직을 맡을 때는 항일 저항단체의 성격을 분명히 하였으나 그가 1927년 말 일경에 체포되고 나서는 그 성격이 차츰 흐려졌다. 실지로 무장투쟁보다는 행정단체의 성격이 강해지고 있었다.

풀리지 않은 알력과 갈등 그리고 파벌 싸움은 우후죽순처럼 늘어났다. 멍울은 적이 아니라 우리에게 있었다. '통군부'와 '참의부'의 뿌리 깊은 알력과 싸움은 아직 정리되지 않았다. 이념에 따른 갈등, '통군부'에게는 고종이 아직까지 그들의 왕이었고 항일투쟁은 곧 조선시대를 재현하기 위함이었다. 여기에 반해 공화주의자들에게 해방된 조국의 모습은 국민을 위주로 하는 민주정 설립이었다. 양세봉은 처음에는 복벽주의자들 생각에 어느 정도 동조하였으나 곧 민중을 위주로 하는 공화주의파가 되었다. 국민이 대표를 뽑는 민주정에 대한 그의 믿음은 확고하였다.

　복벽주의자들과 공화주의자들 사이의 합치점이 마련되지도 않았는데 그 즈음 한창 일어나는 공산주의 운동은 결국 이념 다툼으로 이어져 살인도 서슴지 않는 그런 싸움으로 번져갔다. 양세봉은 조선공산주의자들에 대한 믿음 또한 버린 지 이미 오래 되었다. 친형제처럼 지냈던 의동생 김형직이 죽고 작년에 그의 아들인 김성주가 자기를 찾아 왔을 때에도 공산주의자들에 대한 그의 생각 즉, 믿지 못할 존재라고 명백하게 말한 적 있었다.

10) 길림에서 안창호를 경호하다

　오동진은 안창호가 설립한 평양의 대성학교를 나왔고 고향에서 '배달'이라는 학교를 설립하여 자신이 선생이 되어 학생들을 가르치기도 하였다. 특히 길림에서 열리는 중요 회의나 상해 임정에서 높은 사람들이 올 때마다 경호 업무를 양세봉에게 맡겼다. 그 때마다 양세봉은 최선을 다해 임했으며 그 사람들로부터 많은 것을 듣

안창호

고 배울 수 있었다.

　1927년 2월 안창호가 길림 '삼풍여관'에 묵으며 '민족운동의 미래'라는 제목으로 시국대강연을 하였다. 민족유일당운동과 동포들의 이상촌 건설에 대한 강연이었다. 이때 양세봉이 안창호의 경호를 맡았다. 만주국 독군서의 방해로 강연회에 참석한 많은 독립지사들이 체포되어 유치장에 갇혔을 때도 양세봉은 안창호를 보호하였다. 상해 임정의 도움으로 모두 풀려 나왔지만 양세봉은 한번 경호를 맡으면 죽을 때까지 같이 따라가고 같이 죽는 것이 그의 신념이었다. 오동진은 이런 양세봉을 많이 아꼈다. 자기 집에도 데려가고, '정의부' 참모장 현정경이나 외무부장 현익철에게도 소개하였다. 현정경은 평안북도 정주 사람이며 '통의부' 행정위원장을 지냈다. 현익철 역시 평북 사람으로 양세봉보다 네 살이 많은 30대 청년이었다. 그는 나중에 '국민부' 중앙집행위원장, '조선혁명당' 책임비서가 되었다.

　오동진은 틈이 날 때마다 양세봉에게 지식의 중요성을 강조하였다. 그리고 양세봉은 의형 김시우와 '화성의숙' 교관 이웅에게서 독도법 등을 익혔다 특히 이웅에게서 진지전, 유격전, 작전, 전술 등 많은 군사지식을 배웠다. 이웅은 운남 강무학당을 졸업한 수재였다. 배우기를 좋아하는 양세봉은 하나하나 익혔고, '화성의숙' 숙장 최동오에게 편지를 쓰는 등 교육에 관한 일이라면 게을리 하지 않았다.

한편 독립지사들은 민족유일당운동 여파로 반일단체를 통합하기 위하여 여러 당파 연석회의를 개최하였다. 1927년 8월 '정의부' 제4차 중앙위원회에서는 다음과 같은 결의를 채택하였다.

'참의부' '신민부'와 연합을 적극적으로 추진할 것. 각 단체들을 통합하기 위한 민족유일당 성립 준비를 할 것. 이를 위하여 동만주 각 지는 준비 회의를 열 것⋯.

양세봉은 소대를 이끌고 회의장 경비 업무를 맡았으며 후에는 '정의부' 대표로 추천되었다. 양세봉은 자연히 독립운동의 대표자와 각 지역 유명 인사와 접촉할 기회가 많아졌다. '신민부' 군사위원장 김좌진, 참모부 위원장 황학수를 만난 것도 이 때였다. 또 '참의부' 대표 심용준이나 임병무를 알게 되었으며 상해 임정 요원들과도 얼굴을 익혔다.

제7부

국민부, **조선혁명군** 설립

제7부 국민부, 조선혁명군 설립

1) 국민부 창립

1928년 5월 12일부터 27일까지 '화성의숙'에서 조선인 정치단체 대표들이 민족유일당 조직 촉성회의를 열었다. 양세봉은 '정의부' 대표로 참석하였다. 회의는 모든 단체를 해산시키고 새로운 당을 만들어 처음부터 새로 가입시키자는 김동삼 중심의 '촉성회'파와

중국 길림성에 세워졌던 화성의숙 당시 모습

기존단체는 그대로 유지시키면서 각 단체가 협상하여 유일한 단체를 설립하자는 '협의회'파로 갈렸다. 그러나 결론을 내지 못하였다. '정의부'에 의한 민족유일당 창당이 불가능하다고 느낀 김동삼은 '정의부'를 탈퇴하고 '신민부' 군정파, 그리고 '참의부'와 함께 '혁신의회'를 구성하였다. 또 '민족유일당재만책진회'를 건립하며 '신민부'와 '참의부' 해산을 선포하였다. 한편 현정경을 중심으로 한 '협의회'파는 만주독립운동단체의 유일당운동에 계속 참여하겠다고 밝혔다. 즉 민족진영은 크게 '촉성회'와 '협의회'의 두 파로 분열되었다.

1929년 3월 '정의부' 대표 현익철, 고이허, 이웅 그리고 '참의부' 대표 심용준과 남은 '신민부' 대표 등 각 단체 대표들이 길림 '삼풍여관'에 모여 분열된 세력을 하나로 통합시키는 회의를 열었다. 그 해 4월 드디어 3군 정부는 그 동안의 분열을 마감 짓고 3부가 통합하는 새로운 단체, 곧 정식으로 '국민부'를 설립하였다. 완벽하지 않더라도 5년 만에 드디어 새로운 통합정부가 탄생한 것이다. '국민부'는 중앙집행위원회를 설치하고 공일선, 현익철이 위원장을 중앙집행위원은 김진호, 심용준, 이일세, 리동림이 맡았다. 지방 위원장은 양인원이 맡았다. 동시에 민사, 경제, 외교, 군사, 교육, 법무, 교통 등 7개 부문을 두었다. 양세봉이 존경하는 군사위원장 이웅이 혁명군 총사령관을 겸직하였다. 이웅은 해방 조국에 와서도 독립군 출신 군인으로서 명예를 다하였다. 혁명군 산하에는 10개 중대, 1개 중앙경위대를 두었는데 양세봉은 제1중대 중대장이 되었다.

'국민부'는 당 중앙이 관할하는 지역으로 현 및 구 그리고 백가

국민부 본부 터, 요녕성 무순시 신빈만족자치현 왕청문진 조선족향

장 십가장 제도를 두었으며 지방당 지부는 중국 외에도 국내의 전라도 경상도까지 조직되었다. 흥경현 왕청문을 중심으로 한 동변도지역에 '국민부' 본부가 이사 온 것은 이 지역이 민족주의 운동의중심이었기 때문이다. 이것은 실제적으로 양세봉의 제안에 따른 것이었다. 여기에 왕동헌의 보호는 큰 도움이 되었다.

1926년 동만 지역 조선인 인구는 약 36만 명이었다. 대부분이 연길, 화룡, 왕청, 훈춘에 밀집되어 있었는데 그중에서도 왕청 일대는조선인의 수가 60퍼센트가 넘었다. 23,000㎢나 되는 너른 땅에 36만이나 되는 인구가 밀집되게 자리 잡은 것은 동변도뿐이었다. 그러다보니 민족문화가 발달하였다. 더구나 이 지역 조선인은 동학농민운동을 시작으로 합병이나 3·1운동을 전후하여 압록강을 넘어온 사람들이 대부분인 만큼 반일정서가 뿌리 깊었다. 그리고 경작하는 땅이 척박하고 주로 소작 중심의 소규모 농가가 대부분인 만큼 보수적이었다. 또한 깊은 산 속에 있다 보니 외국의 문물을 받아들이거나 상품경제가 발달할 틈이 없어 그만큼 국제 정세로부터 멀어질 수 있었다. 그리고 왕청문 지역은 길림, 봉천의 중간과 흥경, 통하, 류하, 환인의 경계에 있고 일본 관청이나 경찰서가 주둔하지 않았다. 무엇보다도 왕동헌이 있어 보호받을 수 있었고 중국인들의 반(反) 조선의식이 가장 많이 누그러진 지역이었다. 하지만 민족주의자들의 항일투쟁은 흥경현 왕청문을 중심으로 한 작은 범위로 움츠러들었다. 무장투쟁을 지향하는 '정의부' 조직도 오동진이 일본군에게 체포된 뒤로 점차 변질되고 있었다.

2) 금구자에서 가족과 만남

1929년 6월 '국민부'가 흥경현 왕청문으로 옮기자 양세봉은 금구자 집에 다녔다. '국민부'가 설립되고 첫 휴가를 받았을 때 양세봉은 중대에서 말 한 필을 얻어 타고 저녁이 되어서야 집에 도착하였다. 뜰에는 무명 흰 저고리에 긴 치마를 입은 젊은 아낙네가 채소를 다듬고 있다가 놀란 얼굴로 말을 끌고 들어서는 양세봉을 바라보았다. 재순이었다. 결혼을 했을지라도 그동안 함께 있었던 날들은 손으로 꼽을 정도였다. '국민부'가 출범하고 이사까지 마친 양세봉이었다. 그는 재순의 두 손을 덥석 잡았다. 재순도 다듬던 채소를 내려놓은 채 부끄러운 듯 손을 빼고 남편을 쳐다보았다. 바람

같은 사람, 기미년 만세운동 직후부터 그는 가정과 아내가 있는 지아비보다는 바람과 같은 사람이었다. '통의부' 시절부터 '정의부' 때까지 간혹 같이 있었지만 많은 시간은 떨어져 살았다. 그리고 작년 봄 '3부통일협의회'가 개최될 때부터 양세봉은 집을 떠났다. 양세봉에게 스물아홉이 된 재순에게서 단 살내음이 풍겨왔다. 집 안에 들어서자 어머니와 베를 짜고 있던 숙모 문씨, 그리고 시봉의 아내 화순이 반갑게 맞아 주었다.

그리고 어머니가 있었다. 어머니는 시력이 몹시 나빠져 물건을 똑똑히 보지 못했고 검은 머리는 이미 하얗게 세어 있었다. 어머니는 양세봉의 손을 꼭 움켜잡고 "얘야, 내 아들아! 네가 세봉이 맞느냐?" 하며 말을 잇지 못하고 눈물만 흘릴 뿐이었다. 귀녀는 양세봉이 천마산대에서 내려올 때와는 다르게 친숙하였으나 일년 만에 본 아빠가 낯이 선지 멀리서 인사를 하고 주변을 맴돌 뿐이었다. 제 명대로 살지 못 할 것을 알았다면 조금 더 따뜻하게 대해줄 걸….

지난해 태어난 아이는 이불 속에서 자고 있었다. 두 번째가 또 딸이라고 하여 이 아이의 아명을 '유감'이라고 지었다고 했다. 아이를 쳐다볼수록 죽음을 지척에 두고 살아가고 있는 자신의 모습이 보였다. 어머니는 얼마나 대를 이을 아들을 바랐으면 이름을 유감이라고 지었을까. 시봉은 그동안 얼마나 고생을 하였는지 눈이 꿩했다. 숙모 문씨와 재순 그리고 제수 김화순은 급히 밥을 지었다. 아홉 살 난 귀녀, 원봉과 그의 처 해원, 막내 정봉 그리고 시봉의 아내 김화순, 조카 운도와 운항, 어머니까지 많은 식구들은 이날 웃고

울며 밤늦게까지 이야기꽃을 피웠다.

그 후 양세봉은 가급적이면 집을 다녀가려고 노력하였으나 여의치 않았다. 형이 오면 예전과 마찬가지로 시봉은 익숙한 솜씨로 무기를 받아들어 숨겼다. 이번에는 거꾸로 재순이나 화순에게 망을 보게 하고 큰형 세봉과 함께 밭에 나가 같이 일을 하곤 하였다. 그리고 피곤해지면 밭둑에 형제가 나란히 앉아 바람을 쐬기도 하였다. 양세봉은 천성이 농사꾼이었다. 중국에 처음 왔을 때 로성과 사도구에서 논농사를 짓던 일들이 생각났다. 그때만 하여도 만주에는 논농사라는 것이 없었지만 지금은 어디를 보아도 벼를 짓는 들이었다. 근면하고 성실한 우리 동포들, 이곳 만주에서 이런 수전도 우리 동포들이 만들어 놓은 것이다.

그리고 자기 대신 망을 보고 서있는 화순을 멀리 바라보았다. 아마도 또 이사를 해야 될지도 모른다. 시봉은 큰일을 마치고 쉬러 온 형에게 말하기가 이르다고 생각하였지만 그는 시시각각 조여 오는 일제의 손길을 느꼈다. '국민부'가 설립되고 본부를 왕청문으로 옮김에 따라 부쩍 모르는 사람들의 얼굴들이 눈에 많이 띄었기 때문이다. 시봉은 먼저 둘째 원봉의 말대로 식구가 너무 많아 안전에도 문제가 되니 이사보다는 분가를 하는 것이 어떻겠느냐고 세봉과 상의하였다. 앞뒷집에 살지만 원봉과 숙모, 운도, 운항이 같이 살고 자신은 어머니를 모시고 큰형 세봉의 가족과 정봉을 데리고 살겠다는 것이다.

세봉은 일 년 만에 집에 돌아와 보니 긴장이 풀어지며 아버지와 같이 일하던 생각이 났다. 아버지는 일뿐 아니라 민족혼을 일깨워 준 사람이었다. 시간이 있을 때마다 어린 세봉에게 단군은 실제로 있었던 사람이라고 가르쳤다.

양세봉은 집에 갈 때마다 편히 쉬기보다는 마을 사람들을 찾아 이상촌을 만들자고 권유하였다. 이상촌은 독립운동에 앞장선 안창호 선생에게서 들은 것이다. 먼저 농작물의 생산량을 높이고 그것으로 자금을 모은 다음, 그 돈을 다시 재투자하여 지금의 토지를 개간하여 경작지 면적을 넓히고 부업도 하여 농촌의 조선인들이 먼저 부유하고 편안한 생활을 하자는 것이다. 맞는 말이다. 마을이 발전하고 농촌이 잘살아야만 항일 독립운동을 하는 독립군들에게도 보탬이 된다.

양세봉은 동네 사람들과도 잘 어울렸으며 마을의 구장이나 원로들을 찾아 자신이 옛날 벼농사를 할 때의 경험을 이야기하는가 하면, 농업생산량 증대 추진에 대한 토론도 하였다.

어느 날 저녁, 양세봉은 등불 아래에서 어머니와 이야기를 나누었다.

"듣는 말에 의하면 네가 부대에서 무슨 큰일을 한다는구나. 그건 그렇지만 무슨 일을 하려고 해도 사람들의 지지와 성원이 없으면 아니 된다. 인심이 천심 아니냐. 너희들은 어려운 사람들의 생활을 돌보아 주어야 하는데 세금이 너무 많은 것 같구나. 옛날에 '참의부'는 매호당 10원 그리고 '정의부'는 14원을 받아 갔는데 조선 사람들은 여기에 또 지주에게 내는 소작료 그리고 중국 정부에 또 세금을 내야 한다. 그러고 보면 낼 돈이 정말 없단다. 그런데 돈을 못 낸다고 사람을 묶어가고 심지어는 가축까지 빼앗아 가는 일이 있으니 말하는 것이다."

평소엔 말이 없는 원봉도 말하였다.

"형님, 그렇다면 독립군이 마적 떼와 무슨 구별이 있겠소?"

양세봉은 세금을 꼬박꼬박 내고 협조하는 동변도의 동포들에게 감사하는 마음을 가졌다. 그는 늘 동포들의 요구와 불만, 주문사항에 귀 기울이고 그들의 입장에서 일을 처리하고자 애를 썼다. 그 또한 천마산에 가기 전 억울한 일들을 당하지 않았었는가. 그는 빈곤한 가정에 대해서는 탕감하였고 휴일이나 농번기 때는 농사일을 도왔다.

징수한 군량미나 의무금은 주로 무기 구입에 쓰였고 대원들의 급료는 거의 지급되지 못하였다. 따라서 독립군 활동은 생계와는 관계 없는 일이었다. 조국과 민족에 대한 애정이나 의무감 없이는 애초부터 불가능한 일이었다. 또 만주의 혹독하게 추운 겨울 독립군에게 가장 큰 적은 추위와 배고픔이었다. 일본군과의 전투에서 죽는 숫자보다 동상이나 허기에 지쳐 죽는 경우가 더 많았다. 오십 년 전 눈밭에 짚신을 신고 기관총에 죽창으로 대들었던 동학군이 따로 없었다.

양세봉은 자금이 왜 필요한지 조목조목 말씀을 드렸으나 회계의 기초가 없는 사람들에게는 눈에 보이는 사실이 중요한 것이었다. 그래서 양세봉은 돌아가는 대로 본부에 이야기하였다. 가정생활이

조선혁명군 근거지

곤란한 집에는 마땅히 세금을 경감하고 사람을 묶어 가거나 가축을 빼앗아 가는 것은 절대로 금해야 된다고 말이다. 이 일은 '국민부' 중앙집행위원회 정책에도 반영되어 현익철이 바로 포고령을 내렸다.

3) 조선혁명당, 조선혁명군 출범

1929년 9월 행정조직인 '국민부'를 이끌어 나갈 단체로 '조선혁명당'이 조직되었다. '조선혁명당'의 중앙집행위원장으로 현정경이 임명되었고 산하에 비서부, 조직부, 교양부, 국제부, 경제부, 민중부와 군사위원회를 두었다. 군사위원장은 장철이 임명되었다. '조선혁명당' 강령에는 "민족의 힘을 모아 혁명 이론과 방법으로 조선독립

조선혁명군 군기

혁명을 완수하며 '국민부'를 지도하는 유일한 정당"이라고 규정하
였다.

또 '조선혁명당'의 당군인 '조선혁명군'이 결성되었다. '조선혁명
군' 임무는 첫째, '국민부'와는 별도로 무장부대를 건립하고 '조선
혁명군'의 명의로 혁명 사업을 하며, 둘째 혁명군만이 무기를 휴대
할 수 있고 셋째, 혁명군의 지도기구는 군사위원으로 구성된 군사
위원회에 국한다는 내용이었다. 양세봉도 '조선혁명당'의 일원으로
군사위원이었다.

일제는 1928년 친일인사들로 구성한 '조선민회'와 '선민회'를 조
직하였다. 일본 영사관에서 운영하는 친일단체는 통화에 근거지
를 두고 동만주 각지에 지부를 두었다. 이들은 주민들의 독립군 밀
고, 독립군의 투항을 목표로 하였다. 또 독립군 식구들을 잡아 가
두고, 조금이라도 의심이 들면 서로 밀고하였다. 심지어 외곽조직인
'동향회'를 이용하여 조선인 가구에서 매 호당 15원씩 거두어 갔다.
이것은 소작으로 살아가고 있는 조선인들에게 큰 부담이 되었다.

당연히 돈을 기한 내에 내지 못하는 일이 속출하였다. 그러면 그들은 여러 사람들이 보는 앞에서 구타를 하거나 묶어 가기도 하고, 종국에는 영사관 통화분관 감옥에 며칠씩 가둬놓는 등 행패가 심하였다.

1929년 봄, '국민부'는 친일단체 '선민회'를 타도하기 위한 기치를 내걸고 대장에 이웅, 부대장에 양세봉을 임명하였다. '정의부'에 양세봉이 입대하고자 왔을 때 오동진 총영이 그를 비록 소대장에 임명했을지라도 그의 소대는 독립부대였다. 즉 양세봉은 독립부대를 거느린 대장이었다. 그리고 '선민회'를 토벌하는 데 부대장으로 임명한 것은 비록 오동진 총영은 잡혀갔을 지라도 '정의부'가 '국민부'로 바뀐 뒤 얼마나 그를 신임하고 있는지 보여준 것이다.

'선민회' 토벌은 양세봉에 의한 공문 발송으로부터 시작하였다. 양세봉은 그해 6월 통화에 본부를 두고 있는 '선민회' 본부에 그들의 친일 행위를 지적하고 이를 수정해야 한다는 격문을 발송하였다. 그들의 대답이 없자 9월에 환인현의 조선인 농민들로 하여금 대규모 규탄 대회를 열게 하였다. 양세봉은 시위대로 가장한 부대원들을 보내 군중을 보호하는 한편 일본경찰과 위만군에 맞서도록 하였다 그리고 주민들에게 원성이 잦은 친일 주구 문영선을 권총으로 처단하였다. 조선 양민 2백 명만 죽이면 조용해질 것이라고 호언장담한 문영선은 일본이 고용한 순사 앞잡이였다.

동시에 양세봉은 통화에 있는 '선민회' 본부와 각 지부를 습격하여 그들의 우두머리를 잡아들였다. '선민회'는 심각한 타격을 받고 해산하지 않을 수 없었다. 이 소식은 동만주 교민 사회에 퍼져 그동안 숨죽이고 지켜보았던 동포들에게 후련함을 안겨주었다. 양세봉이 한 일은 이뿐만이 아니었다. 국내에서부터 친일을 외쳐온 '일진회' 후신인 '보민회'를 습격하고 단장인 김영조, 김영일 등을 처단하여 흥경현에 그들의 뿌리가 내리지 못하도록 하였다.

4) 국민부의 약화, 내부 이념 다툼

'국민부'는 처음부터 뿌리 깊은 이념 투쟁의 불씨를 내포하고 있었다. '국민부'는 창립 그날부터 내부에 좌익과 우익이 공존하였다. '청년총회' '남만청년연맹' '다물단' 등이 국민부와 '조선혁명당' 지도부에 침투되었다. 그중에서도 '남만청년연맹'은 사회주의 사상을 가르치는 학원을 설립하여 조선인 청년들을 가르치는 한편, 조선인 농민이 거주하는 곳이라면 어디든지 찾아가서 마르크스 레닌주의를 전파하였다. '조선혁명당' 중앙집행위원회 위원장 현정경, 조직부장 고활신, 조선혁명군 총사령관 이진탁 그리고 양세봉이 따랐던 이웅도 공산주의 사상에 경도되었다. 현익철, 고이허 등은 이에 반대하는 입장이었다.

고이허는 양세봉보다 8살 어렸다. 배재학교를 졸업하고 '정의부'에 가입하였을 때부터 민족진영에서 이론가로 소문난 수재였다. 본명이 최용성으로 '국민부'에서 키우고 있는 인재였다. 그는 '국민부' 설립의 주역이었으며 조직 이론에 달통해 있었다. '국민부' 성원들은 이념 통일을 위해 몇날 며칠 토론을 거듭한 끝에, 전제주의를 부활하는 복벽주의는 없애는 것으로 합의하였으나 공산주의와 공화파의 대립과 갈등은 깊어만 갔다.

이러한 와중에 '국민부'의 세금 징수에 관한 불만이 사회적 문제로까지 번졌다. 양세봉은 일전에 어머니와 한 약속도 있고 농민들에게 우호적이어서 농민보다 도시에 사는 자본가나 업주로부터 세금을 징수할 것을 주장하였다. 양세봉의 주장은 당과 '국민부' 모두에게 지지를 받았다. 기업을 운영하는 도시 자본가에게는 자본금의 3퍼센트 이내에서 세금을 결정하였다. 하지만 이것만 가지고는 '국민부'와 '조선혁명당'과 군을 유지할 수 없어 '국민부'는 정미소 등을 경영하였다.

'국민부'는 모자란 재정 문제를 해결하기 위하여 여러 비상조치를 도입하였다. 이는 노동자들의 착취 문제로까지 말썽이 이어져 '국민부' 안팎에서 이에 대한 문제로 시끄러웠다. 공산주의를 주장하는 현정경, 이진탁 등은 농민을 착취하는 '국민부'를 해체하고 대신 농민협회를 건립하며 '조선혁명군'을 '적위대'로 개편하자고 주장하였다. 또 '조선혁명당'을 '고려공산당'으로 대체하자고 하였다. 계속되는 파벌싸움으로 민족운동 내부 역량은 약화되었으며 좌익과 우익의 투쟁은 더욱 극심하였다. 이 와중에 장학량의 동북군정 나아가 장개석의 '국민당' 당국이 '국민부'를 공개지지 하였다. 일본은 겉으로는 장학량의 동북군정을 지지하는 척하면서도 '국민부'와 '조선혁명군'에 대한 의심의 태도를 버리지 않고 있었다.

1930년 8월 '조선혁명당'은 중앙 집행위원회 회의를 다시 소집하여 '국민부'를 지지한다는 성명을 냈다. 그리고 '조선혁명군'을 5개 중대로 재편성하고 '국민부' 세금으로는 매 호당 16원, '국민부' 사무원 임금은 1인당 40원으로 정하였다. 여기까지 는 의견의 일치를 보았으나 '고려공 산당'과 의견 분규는 심해져 갔다. 심지어 중앙집행위원들이 싸우기까 지 하였다.

현익철

현익철은 장학량의 동북군정에 같은 민족이지만 '고려공산당' 을 소멸해줄 것을 부탁까지 하였다. 그리고 이것은 마침내 양 진영 무력 충돌의 도화선이 되었다. 우파의 대표는 현익철 고이허, 조선 공산당을 대표하는 좌파의 수장은 현정경이었다. 하지만 좌파는 1930년 추수대폭동이 실패하자 주모자였던 현정경이 체포되고 이 진탁, 이웅 등이 잡혀 끝이 났다.

현익철은 다른 한편으로 '청년총동맹회의'에 참가하여 자기의 대 오를 확대시키고자 하였다. 그러는 동안 양세봉은 현익철의 명령을 받아 부대를 거느리고 조선 공산주의자들을 반대하는 전투에 참 가하였다.

여기에서 많은 독립군들이 이념이 다르다는 이유로 희생되었다.

항일구국의 영예와 동포 사이에 살상을 하지 말아야 한다는 명제 앞에서 동족상잔의 비극은 양세봉에게 커다란 아픔을 가져다 주었다. 이념의 차이로 말미암아 일어난 자유시참변이 불과 십 년 전인데 또 그와 비슷한 사건이 이번에는 동변도에서 다시 일어난 것이다.

'조선혁명군' 내부에서 이념적 분열로 민족주의파가 현정경, 이진탁에게 총을 쏜 행위는 결국 '조선혁명군'의 전력 약화로 나타났다. 비록 양세봉이 당과 군 상층부 인사의 명령대로 공산주의자들에게 총을 쏘았다고 할지라도 그의 민족주의적 성향에 비추어볼 때 일생에 걸쳐 단 한 가지 지워버릴 수 없는 상처가 되고 말았다.

우파 영도권을 확립한 '국민부'는 현익철을 중심으로 동북당국의 지지 하에 '국민부' 조직을 보존하느라 애를 썼다. 그리고 사망한 이진탁 대신 현익철을 '조선혁명군' 총사령으로 임명하였다. 그러나 그 누가 알았으랴, 1931년 7월, 현익철은 심양에서 만주 군벌과 회의를 마치고 나오던 중 밀정의 밀고를 받은 일본 영사관 경찰에 체포되었다. 그러자 '조선혁명당' 중앙위원 이호원이 군과 '국민부' 비상회의를 소집하였다.

이호원과 위원들은 자기들이 속한 '국민부' 내 이념투쟁을 비판하며 한마음 한뜻으로 뭉쳐 위기를 극복하고 반일투쟁을 계속하자고 하였다. 회의에서 확인한 방침은 다음과 같다.

1. 좌익과의 투쟁을 지금 이 순간부터 중지한다.
2. 중국 인민은 적이 아니다. 피해를 입은 사람은 방문하고 위로

하며 이러한 사실이 알려지도록 노력한다.

3. 조선 인민은 계속해서 중국 국적을 갖도록 노력한다.

4. '국민부'의 자치운동에 협력한다.

'조선혁명군'도 재편성하여 5개 중대로 나누고 한 개의 별동대를 두었다. 양세봉은 3중대 중대장을 맡았다. 총사령은 김보안이 맡았고 부사령은 장세용이었다. 그리고 '국민부'는 《전위보》라는 잡지를 창간하여 농민들에게 일본 제국주의 죄상을 알리는 등 지속적인 반일감정을 유도하였다. 농민들의 교재는 현정경이 편찬한 『농민독본』을 계속 사용하였다.

현정경은 공산주의 사상을 갖고 있어 흥경현 정부에 체포되었지만 헌법원이나 조선민중에게 혁명의 지도자로 지목되어 바로 풀려날 수 있었다. 그가 편찬한 교과서를 그대로 사용하는 것은 사람됨과 사상은 관계가 없다는 뜻이었으며 공산당과의 분규는 이날 이때부터 중지한다는 표시이기도 하였다.

한편 왕동헌은 흥경현에서 민족 간 대립을 약화시키는데 커다란 역할을 하였다. 그는 특히 '조선혁명군' 진지에 와서 조선인과 중국인은 적이 아니고 친구라고 연설하였다. 심지어 청원현 소산성자에 있는 양세봉의 새 집까지 찾아와 그의 어머니에게 덕(德)을 쌓아 훌륭하다는 찬사와 함께 감사하다는 뜻의 돈을 전달하기도 하였다. 이때 양세봉은 집을 떠나 통화 합니하에 있었다. 한편 일본은 만주를 통째로 집어삼키는 꿈을 꾸고 있었다. 세상은 요동치고 있었다.

5) 9·18사변과 연합항일의 서막, 중국공산당의 대두

독립군 역사를 이야기할 때 9·18사변을 빼놓을 수 없다. 그래서 앞에 얘기한 것을 알지만 다시 한 번 이 사건이 끼친 영향을 고려하여 보기로 한다.

1931년 9월 18일. 일본군은 심양의 류우조우교라는 다리를 폭파하고 이것을 중국 책임으로 돌리면서 심양을 기습하였다. 일제는 처음에는 조선 인민을 이용하거나 독립군 출몰을 경계하며 지방 곳곳을 동시다발적으로 노렸지만 전반적인 침입은 이번이 처음이었다. 그들이 오래 전부터 세운 계획에 따라 야금야금 침입해 들어오다가 때가 무르익자 계획을 실행에 옮긴 것이다. 장개석의 국민당에 속한 장학량의 '동북군'이 총 한 방 쏘지 않고 무저항주의로 일관하는 동안 장춘, 하얼빈 등이 점령당하며 동북 전체가 일본 식민지로 전락하였다.

이상한 전쟁이었다. 일본군보다 몇십 배의 병력을 가진 국민당의 동북군은 총 한 방 쏘지 않고 광활한 만주를 내주었으며 일제는 피 한 방울 흘리지 않고 만주 전체를 장악하였다. 그러자 일반 중국 인민들이 들고 일어났다.

그들은 구국대 또는 의용군을 만들어 일본에 대항하였으나 훈련받지 못하고 무기장비가 열세인 민병들이 일본군과 같은 정규병과 싸우기에는 역부족이었다. 왕동헌의 '요녕농민자위단'이 결성되고 양세봉이 특무대로 참전한 것도 그때였다. 그리고 우리 독립운동 진영 간부들도 동북 지역을 버리고 화북, 화남 등 중국 영토로 들어가 임시정부와 합작하였다.[7]

'조선혁명군'은 중국 영토로 들어가 투쟁을 계속하자는 상해 임시정부 김구 주석의 권유를 거절하고 동북에 남아서 계속 투쟁하는 길을 택하였다. 양세봉은 대원들에게 남아 있기를 강요하지는 않고 진심을 토로하였다. 다음은 그의 말이다.

"삶을 요구하는 이는 가실 곳으로 가셔도 좋습니다. 그러나 나는 남겠습니다. 나는 이곳 만주에서 우리의 혁명을 위하여 난국을 타개하고 바람직한 신국면을 조성하기 위해 노력하겠습니다. 앞으로도 우리 앞에는 이와 같은 어려움이 많을 것이며 그때마다 대책을 세우는 것을 주저해서는 안 됩니다. 행이지난(行易知難)입니다. 우리는 이것을 두려워해서는 안 됩니다.

지금 상황은 쉽지 않습니다. 일제는 만주를 점령하였고 그 일보로 만보산 사건을 조작하여 중·조 양 국민을 감정을 이간질하였습니다,

---

7) 국내에서도 많은 사람이 이 시기를 기점으로 조국과 민족을 배반하고 친일의 길을 걸었다. 그때 한참 장안을 울렸던 노래가 '희망의 나라로'이다. 현제명이 작곡, 작사한 이 노래는 "배를 저어가자, 험한 바다 물결 건너 저편 언덕에 … 밤은 지나가고 훤한 새벽이 온다, 푸른 들이 보이는 희망의 나라로"라고 아부를 떨었다. 발바리보다 교활하고 영악한 사람들의 작태들, 그들이 말하는 바다 건너 '희망의 나라'란 물론 동북삼성 곧 만주를 가리켰다.

그 결과 많은 수의 우리 동포들이 죽었습니다.

풍전등화와 같은 이 위기를 목도하면서 일제 놈들의 교활한 수단을 아직 모르는 중국 군벌들은 조선인을 상대로 또 얼마나 많은 살상을 저지를지 모릅니다. 우리는 사실 일본의 적이지 그와 한편이 아닙니다.

우리 지난 역사를 돌이켜보건데 우리 동포는 일제의 폭압에 못 견뎌 남부여대(男負女戴)를 하고 압록강을 건너 중국에 왔으며, 중국에 와서는 오로지 화전을 개척하고 벼농사를 심는 등 일만을 해오면서 조국의 독립을 위하여 물심양면으로 지원을 해 왔습니다. 벼농사 생산물은 물론 심지어는 신발까지 공급해 왔습니다.

나는 여기서 못 갑니다. 그리고 동포들과 운명을 같이 하겠습니다. 내가 생각하는 것은 중·조 양국의 연합작전입니다. 두 나라 인민이 같이 항일투쟁을 하는 것입니다. 나는 '조선혁명군'을 떠나 관내의 상하이로 갈 수 없습니다."

양세봉의 말은 진심이었다. 안전한 중국 경내로 들어가지 않고 끝까지 남아 싸우겠다는 말에 감동한 어느 대원은 주먹을 쥐고 가슴속의 감정을 토로하였다. 양세봉은 시간만 나면 독서를 하였다. 책은 주로 사회과학 서적, 정치활동 입문이나 군사학 책이었다. 천성이 학습능력이 있거나 배움이 많은 사람을 가까이하는 것을 좋아하는 데다 어렸을 적 가르침이 상대적으로 짧았던 그는 평생 배움을 게을리하지 않았다.

한편 만주를 순순히 내어준 국민당의 동북군은 후퇴하는 길에 많은 조선인을 일제의 앞잡이라고 하면서 학살하였다. 생각한 대로였다. 왕동헌이 구장으로 있으면서 흥경현 만큼은 민족분규가 없

1931년 9월 19일 새벽 장학량 군대를 공격해서 평톈 성을 장악한 것을 환호하는 일본 관동군

만주사변 당시 중국 선양에 입성한 일본군과 기병대

이 잠잠하였는데 그곳에도 40여 명이 살해되었다면 다른 지역은 더욱 심했을 것이다.

일본의 만주 침략에 대해 정부가 움직이지 않으니 인민들이 나라를 지키고자 나선 것이다. 흥경현에서는 왕동헌이 그리고 동북삼성 곳곳에서 의용군 또는 자위대가 만들어졌다.

왕동헌은 9·18사변 후 가장 먼저 의용대를 꾸렸다. 그가 항일을 부르짖고 자위대를 결성하자 많은 사람들이 호응하여 왕청문 근처로 모여들었다. 그는 이를 앞서 말한 것처럼 '요녕농민자위단'이라 부르고, 자기 집에 있는 식량과 땅을 팔아 무기와 탄약을 준비하였다. 그리고 양세봉을 찾아와 군사 훈련을 시켜주기를 제안하였다. 그들은 민군(民軍)으로서 나라를 지키겠다는 의지만 있을 뿐 군사 지식도 없으며 총을 쏠 줄도 몰랐다. 반면에 '조선혁명군'은 오랫동안 투쟁에서 단련되었고 능히 전투임무를 바로 수행할 수 있었다. 훈련의 주요 내용은 모자라는 무기 사정을 고려하여 '살적(殺賊)토역 구국 애민(救國愛民)'의 원칙하에 정신적인 훈련을 주로 하고 전술적인 훈련은 그 다음으로 하였다.

9·18사변은 많은 것을 바꾸었다. 양세봉에게 이제부터 민족해방운동은 더 이상 어느 한 민족만의 전유물이 아니었다. 조선혁명과 중국혁명, 그리고 조선 민족의 운명과 중국 민족의 운명은 결부되어 있었다. 이제 양식 있는 사람들은 왜 그렇게 일본이 두 국민 사이를 눈에 불을 켜고 이간질하였는지 알게 되었다. 두 국민의 연합은 필수적이 되었다. 그것은 필요에 의하기 보다는 시대의 요청이었다.

따라서 독립투사들은 민족유일당 운동이 실패로 돌아간 후 민족주의, 아나키스트, 공산주의 등으로 나뉘어 독자적으로 활동하였는데 이제부터는 저마다 중국 의용군과 연합하여 반제 항일전을 전개하였다. 그리고 자치나 실력양성보다는 무장투쟁에 주력하였다. 한편 일본은 9·18사변 직후 봉천성 정부를 세우고 도주한 장학량 대신 동변도 보안사령관으로 중국인 우지산을 임명하였다. 그리고 우지산은 각 현에 앞으로 문제가 될 '국민부' 간부를 체포하라는 훈령을 내렸다. 그 내용은 다음과 같다.

"… 근래에 각 지방의 보고를 종합하면 유하 삼원포와 신빈지역을 근거지로 한 조선 국민부 비적들이 지금 본국의 문제가 아직 해결되지 않은 틈을 이용하여 두 나라의 관계를 해치려고 많은 흉계들을 계획하고 있다.

만약 그들을 소탕하지 않는다면 치안은 더욱 문란해지고 따라서 중·일 두 나라의 국교는 점점 더 위태로워질 것이므로 조선 국민부의 비적을 보는 즉시 보고하고 일본 영사관에 인도하기 바란다. 어디 있는지 알려주면 우리가 그곳으로 체포조를 바로 보낼 것이다. …"

그리고 일본 영사관이 제공한 50여 명의 명단이 첨부되었다. 여기에는 '국민부' 주요 성원은 물론 '조선혁명군' 사령관, 부사령관과 함께 3중대 중대장 양세봉 이름도 사진과 함께 적혀 있었다. 일종의 지명수배인 셈이다. 총사령관이 되기 전이었다.

한편 당시 항일무장투쟁의 대명사인 '남양북조'를 이야기할 때 남쪽은 양정우의 양, 북쪽은 조상지의 조를 일컫는다. 그 아래에는 허형식 장군이 있었다. 양정우는 원래 봉천 감옥에서 출소한 뒤에 하얼빈에 있었다. 그러다가 남만 지역 공산당을 지도하고 있던 양림(楊林)이 1932년 중앙으로 소환되면서 그 공백을 채우기 위하여 남만으로 온 것이다.

1932년 이전 만주에서 공산당 무장투쟁은 양림을 중심으로 전개되었다. 동변도 남만 지역 역시 일찍이 양림에 의해 개발되었고 양정우가 도착하였을 때는 조선인 오성륜을 비롯해 이홍광, 이동광 등이 있었다.

그 중에서 이홍광은 남만에서 양림이 농민반일운동을 지휘할 때 많은 도움을 주었었다. 그는 1932년 12월 양정우와 처음 만났고 공산당을 조직할 때 주역을 맡았다. 1935년 5월 이홍광이 전사하자 양정우는 개인적인 서찰을 '만주성위원회'에 보고하며 슬픔을 토로하였다. 해방 후 조우언라이도 그를 항일 민족영웅이라고 칭한

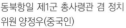

동북항일 제1군 총사령관 겸 정치
위원 양정우(중국인)

허형식 장군

최용건

바 있다. 이홍광은 1910년생으로 경기도 용인 출신이며 서글서글한 성품으로 양세봉에게도 깊은 인상을 남겼다. 이홍광은 무장투쟁을 하는 '홍광지대'와 친일 모리배를 처단하는 '개잡이대'를 운용하였다. 그것이 나중에는 양정우와 함께 '동북인민혁명군'을 결성하는 모태가 된 것이다.

한편 '조선공산당'의 최용건은 광저우 봉기가 실패로 끝나자 1927년 12월 하이루펑으로 철수했다가 바로 이곳 동북의 북만으로 왔다. 따라서 최용건은 양세봉과 만날 기회가 없었다. 9·18사변을 계기로 공산당은 지하활동을 양성화하고 유격대를 창설하는 등 활발하게 움직였다. 얼마 전 아버지를 여윈 김일성도 그 중 한 명이었다. 중국공산당 중앙본부는 9·18사변이 발생하자 당일 '일본제국주의가 동북3성을 강점한 사건에 대한 중국공산당의 선언'

을 전국 인민 앞으로 발표하고 이틀 후에는 공산당 결의로 '전국 인민은 일제의 침공에 맞서 싸우자'라고 호소하였다.

6) 흥경사건과 양세봉

1931년 12월 17일, '조선혁명당'과 '국민부' 주요 간부 30여 명이 흥경현에 있는 '서세명'의 집에 모여 긴급회의를 열고 9·18사변 이후 현안 문제와 향후 전략을 논의하였다. 이 사실을 '보민회' 밀정이 밀고, 통화 일본 영사분관 소속 경찰과 중국 관헌의 습격을 받고 대거 체포되었다. '조선혁명당' 집행위원회 주석 이호원, 혁명군 사령관 김보안, 부사령관 장세용, 국민부 공안국장, 혁명군 경위대 대장 등 당, 군, 국민부 주요 간부들이었다. 이어서 일본 영사관과 중국 동북 정부는 동변도 곳곳에서 '조선혁명당원' 검거 작전을 벌여 모두 평양감옥으로 압송하였다. 이듬해 3월까지 거듭된 검거 선풍 속에서 모두 83명에 달하는 독립운동가들이 일본경찰과 중국 동북의 공안 당국에 체포되었다. 치열한 이념투쟁으로부터 당과 정부 그리고 군을 겨우 건져내는가 싶더니 '조선혁명군'이 다시 위기를 맞았다. 이것이 유명한 '흥경사건'이다.

그러나 고이허가 피신하여 체포되지 않았으며 양세봉이 살아있었다. 민족주의 계열은 큰 타격을 받았으나 이 사건 이후 고이허, 양세봉, 김학규 등 젊고 새로운 인물이 등장하였다. 사람이 있으면 조직은 재건되는 법이다. 남은 사람들은 굴하지 않고 바로 새로운

서세명집 터

간부진을 선출하였다. 그리고 '국민부' 중앙집행위원에 양하산과 김동삼, '조선혁명당'은 고이허, '조선혁명군' 총사령은 양세봉이 맡도록 하였다.

사건 이후 총사령관 양세봉은 먼저 누가 일본 영사관에 밀고하였는지 조사하였다. 낙심했을 때 그 원인과 책임을 묻지 않고 슬쩍 그냥 넘어가면 밑에 있는 병사들은 나중에 책임을 서로 미루게 된다. 아니면 방심하여 재기에 필요한 에너지를 스스로 생산하기 어려워지고 지도자의 얼굴만을 쳐다보는 소극성에 빠져버리기 쉽다. 양세봉은 부하들에게 부끄러움을 일깨우고 싶었다. 그리고 3명의 대원을 파견하여 밀고자를 만천하에 처단하도록 하였다. 조국과 민족, 동지 그리고 형제들을 배신한 대가였다.

한편 공포된 '조선혁명당' 강령은 자치나 실력양성보다는 평소에 주장하는 대로 무장투쟁을 첫째 설립 목적으로 놓았다.

"본 당은 혁명적 수단으로 일본 침략세력을 타도하고 오천 년 동안 독립자주를 지켜 온 국토와 주권을 회복하며 정치, 경제, 교육의 평등을 토대로 한 진정한 민주공화국을 수립함으로써 전체 국민의 평등한 생활을 확보하고 세계 인류의 평화와 행복을 촉진한다."

또한 〈선언서〉에는,

"… 조선 혁명의 최후 해결은 조선 노력 대중의 모든 부대를 동원하여 일본 군대, 경찰, 헌병, 감옥, 소방대 등을 근본적으로 격파하고, 정치 경제 문화 기타 제국주의적 제 시설을 모두 파괴함에 있다. 또한, 조선 민족의 독립국가 건설은 일본 제국주의의 일체 세력을 구축 박멸하는 것에서만 완성할 수 있다."

라 하여 항일무장투쟁을 대내외적으로 선포하였다. 이와 더불어 구체적인 정책으로 일본과 전쟁에 맞서 민중을 무장시키며, 지방자치와 의무교육을 장기 목표로 설정하고 친일파나 일본의 공공 및 사적 재산은 모두 몰수하기로 하였다. 그리고 왕권 전제를 지향하는 복벽주의를 배척하고 국민에 의한 민주정권을 세우는 것을 목표로 하였다. 그리고 토지 국유화나 땅을 농민들에게 우선 분배한다는 것을 강조하였다. 이것은 당시로서는 획기적인 생각이었다. 1930년대부터 주하, 반석 등에서 공산유격대 활동이 활발하였는데 그들 거의 모두 조선인이었고 이러한 사상은 그들에게서 배웠다. 국가는 이념과 함께 실제의 문제이며 핏줄이 같은 민족이 같이 살아가는 곳이었다. 국가의 의무를 강조한 선진적인 이 강령은 훗날 '한국독립당' 규약의 기초가 된다.

7) 조선혁명군과 무장투쟁 제일주의

양세봉이 총사령으로 부임하고 나서 '조선혁명군'은 먼저 총사령부를 흥경현 왕청문으로 옮겼다. 그리고 왕동헌의 의용군과 연합하고 부대 개편을 단행하여 참모장으로 김학규를 지명하였다.

새로 편성된 각 로군은 통화, 유하, 환인, 집안 등 현에서 왕동헌의 '요녕농민자위대'와 연합하여 반일투쟁을 전개하였다. 그리고 창립 선언에서 '혁명운동에 대한 군사적 역할을 전부의 임무로' 삼는다는 무장투쟁 제일주의를 재언명하였다.

국치 초기 독립전쟁론은 기회를 타야 진행할 수 있는 독립전쟁이었다. 그것은 먼저 다수의 조선 민중이 이주하여 새로운 마을이나 영토를 구성하고, 그곳에 민단이나 학교 또는 교회를 창설하며, 우리 영토로 다스리다 때가 성숙하면 독립전쟁을 일으킨다는 장기적인 것이었다.

'외교론'이란 강대국의 동정에 의거하여 독립을 도모하려는 것으로 민중의 반일투지를 희석시키는 방책이었다. '조선혁명군'의 무장투쟁 제일주의가 민중의 철저한 반일투쟁이라면 외교론은 문약한 양반계급의 논리에 불과하였다. '자구(自救)론'은 일제 통치를 최종적으로 거부하는 것이 목표라고 설정하였다. 자구론자들은 독립운동이 일시적 혈기에 의한 허장성세라고 비난하며 우리 힘이 미치는 범위 안에서 평화적 전쟁, 곧 적수공권의 전쟁을 해야 한다고 떠들었다. 어떻게 보면 이들의 주장은 문약한 외교론의 연장이었다.

한편 '실력양성론'은 우리 실력을 양성하여 개인마다 자립할 수 있다면 자연히 독립을 맞이한다는 설이다. 얼핏 보면 타당하게 보이는 이 주장은 사실 깊이 들여다보면 민족의 실력이 양성되고 개인이 자립하기 전에는 항쟁하지 말아야 한다는 것으로 의기를 꺾는 것이다. 심지어 '자구론' '자치론' '실력양성론자'들은 청산리전투 이후 일어난 간도참변의 이유조차 일제의 침략과 야욕에서 찾기보다 독립군이 있었기에 참변이 발생하였다며 독립전쟁론자들을 비난하였다. 그리고 정치적으로 먼저 당(黨)을 만들고 새로운 정부를 수립하면 적당한 기회가 올 것이며 그때 비로소 독립전쟁을 할 수 있다고 하였다. 이들에게 독립전쟁은 먼 훗날 이야기였다. 심지어 그들은 군자금을 대는 동포를 비난하고 징병제를 비방하며 투쟁을 위한 무기 구입보다는 교육이나 산업진흥에 힘써 줄 것을 교민사회에 요구하였다.

여기에 비해 '조선혁명군'은 단순한 적의 통치 거부보다 적 통치의 파괴, 박멸이 목표였다. 즉 모든 군사 집단의 통일을 참을성 있게 여건이 성숙할 때까지 기다렸다가 투쟁하는 것이 아니라 '지금 바로' 민중을 기반으로 무장투쟁에 뛰어드는 것이었다. 개인의 자립 또한 독립전쟁의 틀 안에서 이루어지고 전쟁을 하며 실력을 키우고 그

흘린 피로써 독립을 가져와야 한다는 것이다.

'자구론'이나 '실력양성론'이 삼부 정립 후 독립단체의 자치에 일정 부분 영향을 주었다는 것을 인정하지 않을 수 없다. 물론 당시 '자치론'은 어느 정도 긍정적인 역할을 하였으나 애써 닦아온 교민 사회의 단결이 이로 인해 저해되기도 하였다. 자치를 위해 무장투쟁을 그만두라는 이야기였다. 1920년 3월 16일 임시정부 '국무원령 훈령 제2호 조례'를 보면 자치만 주장하였지 독립전쟁의 강조는 찾아볼 수 없다. 당시 독립전쟁을 바라보는 일부 인사들의 인식을 내보이는 것이 아니었을까. 이것이 '통군부'가 변질되고, 최초 군사단체로 태어났던 '참의부' 김승학이 1927년 참의장이 되자 자치와 공화정이 목표가 되고 일제와 무장투쟁이라는 목표는 자취를 감추고 말았던 이유였다. '정의부'는 건립한 첫날 '참의부' 모토였던 "자치 정책 실시와 공화정 건설 유지"를 중심 과업으로 삼았다. 실제로 독립군 출격 정황을 살펴보면 1925년부터 그 횟수가 격감하였고 그 목적도 일본 군경초소 습격 등 직접 전투보다 국내 정찰 또는 군자금 모집이 주였다. 그나마 무장투쟁을 주장하였던 오동진이 일본에게 체포된 뒤로는 더욱 출격 횟수가 적어졌다. 이것은 '실력양성론'이나 '자치론'의 영향이 큰 탓도 있었다.

그러나 1921년 자유시참변에 이어 1931년 9·18사변이 일어나자 간도와 연해주에서 독립운동 세력이 더욱 치열하게 일어났다. 그 운동은 '실력양성론'이나 '자치론'을 주장한 사람들 것이 아니었다. 무장투쟁 운동은 조선을 탈출한 천민이나 빈민, 소작농들 운동이었고, 그 상놈이나 평민들의 항거였다. 그들은 못 배운 평민이고 양반 관리들의 수탈 대상이었으며 국가로부터 어떤 은전이나 혜택을 받은 것이 없음에도 나라를 위한 일이라면 신명을 바쳤다. 그 상놈들이 피땀 흘려 독립군에게 애국금을 바쳤고 독립군은 그 돈으로 무기를 샀으며 그들의 자식들이 독립군이 되었다. 그들은 단순하였다. 나라 없는 백성이니 잃은 나라를 되찾자는 것이었다. 그 상놈들의 고난과 헌신으로 만주에서 본국과 마찬가지로 독립만세 시위가 일어났다. 이들의 눈물겨운 투쟁이 불과 몇 명의 양반 관료 망명에 가려지면 안 된다. 이들의 투쟁은 사백 년 전 임진왜란 때 의병 활동과 흡사하였다. 그때도 대부분 의병이 천대받은 천민이나 빈민임에도 불구하고 그들은 군사를 조직하여 외적과 맞서 싸웠다. 1592년 임진왜란 때 심지어 어느 왜장은 전쟁이란 그들만의 주도권 싸움으로 간주하고 전통적으로 무관심한 일본인에 비추어 '조선의병 활동'이야말로 그들이 전혀 예상치 못한, 나아가서 전쟁에 지는 결과를 낳았다고 평하기도 하였다.

1929년 '국민부'가 생기고 '조선혁명당'과 '조선혁명군'이 성립되면서 사정은 달라지기 시작하였다. '조선혁명군'은 무장투쟁 제일주의에 따라 동만주 동포들을 찾아 그들의 집거지에 반일 기지를 설치하고, 근거지를 군구(軍區)로 나누어 지방군을 양성하였다. 통화 본부에서는 신문을 발간하여 반일의식을 고취하였고 강전자에 군사훈련소를 세워 병사들을 양성하였다. 일제가 침략한 9·18만주사변은 모든 것을 바꾸어 놓았다. 민족주의에 눈뜬 중국 인민이 의용

1920년 무렵에 러시아 연해주에서 활동한 독립군 (사진=러시아 우수리스크 고려인문화센터)

군을 조직하여 일본에 대항하였으며, 그저 물러났던 장학량의 동북군이 탕쥐우를 중심으로 부대를 개편하고 일본에 정식으로 항일전쟁을 선포하였다. 공산당 유격대도 활발하게 움직이기 시작하였다. 독립운동 세력은 그동안 '자치 일변도'에서 벗어나 무장투쟁 제일주의 아래 뭉치는 듯하였다. 어찌되었든 '외교론' '자구론'이나 '실력양성론' 등 말 많고 탈 많은 방법론 차이가 무장투쟁 제일주의로 수렴된 것은 좋았으나, 양세봉과 지청천 두 사람을 제외하면 독립운동 세력을 움직일 만한 힘이 없었다.

민족정신에 눈뜨고 '공산당 세력'과 연합하는 것은 양세봉 개인의 주관이 아닌 시대의 대세였다. 싸우기 위해서는 자기가 처해 있는 상황을 먼저 정확하게 포착하여야만 어떻게 해야 할지 알 수 있다. 그것이 지휘자에게 부여된 제일의 품성이다. 양세봉은 무장투쟁을 모토로 중국 인민과 연합하며 전술은 일회성 대회전이 아닌 치고 빠지는 소규모의 유격전을 중심으로 장비와 병력면에서 열세인 독립군으로서 효율성이 높은 전투를 하자는 것이었다. 실제로 1932년부터 그의 활동은 모두 매복과 습격 그리고 그것을 뒷받침하는 기동력, 이것에 집중되었다.

1932년 3월 왕동헌의 자위군과 연합하여 다시 탈환하였던 영릉가 전투 그리고 동북군의 탕쥐우와 연합하여 탈환한 흥경현 영릉가 전투 등 승리로 매듭진 전투는 모두 매복전과 기습전이었다. 여름에는 통화현까지 탈환하였고 '요녕민중자위군' 본부까지 통화에 두었다. 당시 불렸던 〈조선혁명군 군가〉를 한번 불러보자.

동무야 잘 싸웠다 조선의 혁명군
총 끝에 번갯불이 번쩍거리며
악마의 왜놈들을 쳐부수던 밤
입술에 피 흘리고 너는 갔구나

고향에 돌아가면 네 자랑 충성을
늙으신 부모님께 전하여 주마
태극기 앞에 놓고 쓰러지면서

1932년 '요녕민중자위군'은 성공적인 연합 작전을 많이 펼쳤으나 결국 일회성 대회전에서는 대패퇴하고 통화현을 다시 뺏겼다. 그리고 계속되는 일본군의 토벌 또는 '3광(三光)정책'으로 어려움에 처했다. '3광정책'이란 죽이고, 약탈하고, 태운다는 뜻이다. 이런 난관에도 불구하고 '조선혁명군'은 다시 일어섰다. 이제는 자기 이름을 회복한 것이다.

양세봉은 단순히 중국 영내에서만 전투한 것이 아니었고 국내도 넘나들었다. 1929년부터 1934년 9월 그가 전사할 때까지 5년 동안 일본군과 만주국 군경과 벌인 전투가 80여 회에 달했으니 한 달에 두 번 꼴로 싸웠고 사살한 일본군만 1,000여 명에 이르렀다. '조선혁명군'은 임진왜란 때 의병이었다.

제8부

1934년

제8부 1934년

1) 쌍립자회의

1934년 3월 양세봉은 흥경현 쌍립자에서 '조선혁명당'과 '조선혁명군' 그리고 '국민부' 회의를 열고 '조선혁명군' 재정비를 논의하였다. 탕쥐우의 '요령민중자위군'은 대패하여 부대를 해산하였다. 주변 환경이 달라진 만큼 혁명군도 바뀌어야만 하였다. 양세봉은 부사령으로 박대호를 임명하고 참모총장으로 한족 장부오를, 참모장은 윤일파를 지명하였다. 김학규는 남경으로 파견하였다. 제1사 사령은 한검추, 제2사는 최윤구 그리고 제3사 사령은 조화선을 임명하였다. 각 사 밑에는 3개 대대를 두었고 1개 대대에 중대 없이 3개 소대를 두었다. 1개 소대의 1사는 70여 명이었으니 한검추 제1사는 3개 소대의 약 200여 명의 병력이 된다. 최윤구와 조화선의 제2사와 3사의 소대원은 50명씩이었으니 각각 150여 명 병력을 갖고 있는 셈이 된다. 그 외 중대 규모로서 별동대가 백여 명 있어 총 병력은 육백 명 가까이 되었다.

장부오는 작년 부대 개편 때 '조선혁명군' 참모총장으로 초빙되었고 이번에도 보직 변경 없이 참모총장직을 그대로 유지하였다. 그리고 양세봉은 한족 병사들도 신임한 다는 뜻에서 참모장이나 부관 등 지휘관으로 30여 명을 충원하였다. '조선혁명군'은 이제 국제군의 면모를 갖추기 시작하였다. 이번에는 '조선혁명군'이라는 이름을 그대로 유지하고 직제와 개편 등을 모두 우리 손으로 마무리 한 것이었다. 회의에서는 양정우의 '동북인민혁명군'과 연합 문제도 진지하게 검토하였다.

이홍광

양정우는 본명이 마상덕이고 하남성 사람이다. 그는 1929년 중국공산당의 지시를 받들어 이곳 만주로 왔다. 그는 1933년 가을 반석현 유격대와 이홍광의 '개잡이대'를 기반으로 '동북인민혁명군' 제1군 독립사를 설립하고 이홍광을 참모장으로 삼았다. 만주국은 이들을 공산 비적이라 불렀다. 그러나 항일을 부르짖는 공산당의 목소리는 커지고 있었다. '요녕민중자위군' 잔여 병력이나 산림대 등 많은 항일단체들이 양정우 휘하로 들어가 공산당으로 통합된 것도 9·18사변이 끼친 영향 중 하나이다. 이때부터 '동북인면혁명군'은 항일 운동에 주체세력이 되었다.

민족, 사상, 이념을 따지지 말고 우선 항일에 전념하자는 양정우의 대황구회의에 윤일파가 '조선혁명군' 대표로 참석하였다. 양세봉은 쌍립자회의를 마치고 한 달 뒤인 1934년 4월 부사령 박대호,

김학규 오광심 부부

김활석을 데리고 양정우, 이홍광을 만난 적이 있었다. 의제는 당연히 연합작전 방법론이었다. 또 양세봉은 소련에 대표단을 파견하기로 하였다. 그리고 김학규를 남경에 보내서 만주에서 활동하는 '조선혁명군' 업적을 설명하며 중국 남경정부에 군자금을 요청하였다. 그리고 북경에서 동북을 호시탐탐 다시 노리고 있는 탕쥐우와 연락을 비밀리에 재개하였다. 왕봉각 등 나머지 항일세력과는 연합방침을 검토하고 각 로군의 활동구역을 정하였다.

그리고 5월, 김학규는 부인이자 독립운동가인 오광심과 함께 남경으로 떠났다. 김원봉, 김규식 등 독립운동단체 지도급 인사들이 그들을 성대하게 환영하였다. '조선혁명당' 대표로서 김학규는 만주의 상황과 양세봉 사령관의 생각 그리고 '동북인민혁명군'과 연합에 대해 설명하였다. 회의에 참석한 모두가 이에 동의하고 만주 동포들의 고투에 경의를 표하였다. 1932년 '한국대일전선통일동맹'에 만주에서 먼저 와 있던 최동오와 유동열도 '조선혁명당' 대표로 참석하였다. '한국대일전선통일동맹' 결성은 상해 임정이 참여하지 않아 완전하지는 않았지만 그래도 중국 내 항일운동단체의 노선 차이를 극복하고 하나로 묶은 최초의 쾌거였다. '한국대일전선통일동맹'은 1935년 '민족혁명당'으로 거듭나게 된다.

오광심이 200쪽이나 되는 회의보고서를 통째로 암송하고 다시 동만으로 가서 '조선혁명군' 지도부에 전달하였다. 뿔뿔이 흩어져 활동 중인 독립군을 하나로 통합하기 위한 극비문서였다. 평북 선천 출신 오광심은 왕청문 '화흥중학'을 졸업, '동명중학'에서 교사로 있다가 김학규를 만나 결혼하였다. 김학규는 1935년부터 '민족혁명당'이나 임시정부 회의에 '조선혁명당' 대표로 참석하였다. 또한 독립운동의 대동단결을 위해 조직한 '민족혁명당' 결단식에서 중앙집행위원과 만주지역 지부장으로 임명되었다.

2) 중국공산당의 동북인민혁명군

1934년 4월 양세봉은 반석에 있는 중국 공산당 '동북인민혁명군'의 양정우 사령관으로부터 한 통의 편지와 그것을 전달하기 위하여 사도구까지 온 두 명의 혁명군 병사를 만났다. 양정우 편지에는 공산주의에 대한 양세봉의 우려는 잘 알겠지만 이념의 차이를 극복하고 같이 일본에 대항하자고 쓰여 있었다. 양세봉은 그 두 명의 병사를 만나 '조선혁명군'이 가진 모든 항일 역량을 총동원하여 '동북인민혁명군'의 반일, 반만주국 활동에 협조하겠다고 하였다. 여기에 힘을 얻은 양정우는 조선인인 부사장 한호를 다시 파견하여 우리말로 그들의 조직, 작금의 상황 등을 설명하였다. 그리고 조선혁명의 승리를 위해서는 중국혁명의 승리가 선행이라는 말도 잊지 않았다. 양세봉도 그 답례로 한족인 참모총장 장부오를 파견하여 '조선혁명군'의 강령, '국민부'와의 관계, '조선혁명당'과 임시정부, 남경과의 관계, 소련에도 대표단을 파견하겠다는 사실을 설명하였다. 무엇보다도 이제는 양정우 사령관을 정식으로 초대할 차례였다.

양세봉은 〈재만동포 부모형제들에게 고하는 격문〉에서 다음과 같이 동북인민혁명군과 연합을 동변도 동포들에게 선언하였다.

예로부터 중국과 조선은 역사, 지리적으로 밀접한 관계가 있으며 동고동락을 같이 하여 왔습니다. 그런데 일본 제국주의는 조선을 강점한 후 이를 발판으로 하고 재작년에는 9·18사변을 일으켜 중국의 동북을 강점하였습니다. 이에 우리는 의용군을 조직하여 이에 맞서 싸워 왔습니다마는 시와 지리가 맞지 않아 관내로 철수한 바가 있습니다. …
우리 조선 인민은 특무대라는 이름으로 이 의용군 조직에 참가하였습니다마는 지금 의용군 본부가 관내로 철수한 뒤이어서 우리는

동북항일연군

'조선혁명군'이라는 원래의 이름을 찾고자 합니다. …

그사이 이곳 만주의 상황도 많이 변하였습니다. 지금은 공산당이
대세입니다. 중국공산당을 제외하고는 항일투쟁을 하는 곳은 극소수
입니다. 그래서 이제부터 '동북인민혁명군'과 '조선혁명군'은 서로 힘을
합쳐 공동의 적 곧 일본 제국주의와 맞서 싸울 것입니다. 비록 사상과
이념의 차이가 있다고 하더라도 우리의 목표는 하나, 그것은 일본 제
국주의자들과 맞서 싸우는 것입니다. 이 목표를 달성하기 위해 필승
의 신념으로 서로 협력합시다. …

그리고 일제의 앞잡이, 민족의 반역자들을 처단합시다. 각 지방의
군부 인원들과 조선인 동포들은 '동북인민혁명군'이 이르는 곳마다
보급 물자를 공급해주고 협력을 하며 그들에게 적극적으로 편의를
제공해야 합니다.

적의 적은 아군이라는 논리대로 연합 항일투쟁은 '쌍립자회의' 때부터 가끔 있었지만 두 사령관의 정식 추인은 지금까지 연합투쟁에 명분을 부여하고 앞으로 큰 투쟁을 예고하는 것이었다. 당시 일본에서 발간된 자료를 보면 '동북인민혁명군'을 '적화비적단체'라고 불렀다. 지금까지 쓰던 '토비(土匪)'라는 단어보다 '공산(共産)비적' 또는 '적화(赤化)비적'이라 부르며 일반 비적으로 볼 수 없었다고 하니 9·18사변 이후 중국 공산당의 득세를 알 수 있다.

한편 일본 당국자들이 가장 두려워한 것은 '조선혁명군'과 '중국 공산당'의 연합이었다. 그들은 총력을 다하여 이를 저지하고자 하였다. 일군의 토벌 섬멸전은 한층 격렬하게 진행되었고 그들은 새로운 작전을 세웠다. 밀정을 앞세운 조직의 파괴와 암살이었다.

적들의 '동변도유격대'와 '협화회', 조선총독부의 후쿠시마 유격대, 그리고 통화 일본 영사분관 조직이 유기적으로 연결되어 움직였다. 그 목표는 이들에게 암적 존재였던 '조선혁명군'의 붕괴였고 남만주 조선인은 물론 중국인에게도 신망을 얻고 있는 양세봉의 제거였다.

1934년 4월, 일본군의 4차 공격이 있었으나 양세봉은 '동북인민혁명군'과 연합하여 이를 물리치고 살아남았다 그리고 통화현 영액포 촌까지 진출하였다. 5월에는 강전자에서 일제의 기마대를 공격하였고 유하현 삼원포에 주둔한 일제의 주구 '동변도유격대'를 습격하였다. 또 양정우와 만남을 계기로 연합작전에 맞추어 조직 개편을 단행하였다.

중국공산당과 연합을 앞두고 그동안 오 년 사이에 많은 변화가 있었다.

현익철이 일본의 간계로 잡혀갔고 무엇보다도 걱정이 되는 것은 당 대표 고이허의 건강이었다. 폐결핵을 앓고 있던 그는 많이 쇠약해졌다. 다행히 '조선혁명당' 상무위원을 맡을 수 있다고 하였다. 현익철의 공백은 김동삼이 '국민부'의 중앙집행위원장을 맡기로 하여 대략 마무리 되었다.

'조선혁명군'은 총사령에 양세봉 부사령 박대호의 기본골격은 그대로 두되, 지역에 따라 부대를 3개 체제로 나누어 양세봉이 최윤구를 데리고 제2군 그러니까 흥경, 유하, 청원 등을 맡기로 하였다. 그보다 북쪽인 통화와 집안의 1로군은 윤일파가 맡고 그 밑에 한검추 조화선을 두었다.[8] 환인, 관전을 주로 맡는 3로군 책임자는 박대호가 맡았다.

장가구, 은호구, 통화현 립봉구, 흥경현 진주령, 유하현 홍석진에서 크고 작은 전투가 잇달았다. 7월에는 통화현 쾌대무자에서 적 60여 명을, 그리고 최윤구는 왕봉각과 연합하여 통화현 강전자에서 적 80여 명을 무찔렀다. 이와 같이 양세봉은 한 달이 멀다 않고 일본군과 싸웠다. 이와 같은 전투는 상대방에게 불안감과 아울러 끝나지 않는 전쟁이란 인식을 심어주었다.

1934년 8월 '동북인민혁명군' 제1사 사장 이홍광이 흥경현 대황

---

8) 한검추는 나중에 변절하여 자기가 몸담았던 '조선혁명군'뿐만 아니라 '동북인민혁명군'을 와해시키는 데 결정적인 역할을 하였다.

구에서 '조선혁명군'과 합류하였다.

이홍광은 양세봉이라는 인물이 남만 조선인들 마음속의 지도자라는 것을 잘 알고 있었다. 두 사람은 같은 조선인으로 만나 감개가 무량하였다. 그리고 적이 내습하고 있다는 정보를 듣고 홍경현 석인구로 나란히 이동, 홍순가에서 적들을 맞아 대승을 거두었다. 양세봉은 전리품과 공을 이홍광에게 돌렸다.

'조선혁명군'과 '동북인민혁명군'의 연합은 일제가 우려한 대로 그들의 정책에 많은 영향을 미쳤다. 북경에서 출간된 시사 잡지는 다음과 같이 말하고 있다.

… 소련 정부에서 원조하고 있는 '조선혁명군' 정부는 최근 결빙기를 이용하여 각지에서 준동 중이며 … 흥경에 근거지를 두고 있는 그들의 사령관 양세봉은 최근에 거액의 군비로 무기를 구입하여 동변도 일대에서 '조선혁명군'의 활동을 폭 넓게 벌이고 있다.

이외에 양세봉은 철도선을 따라 연결되는 안봉선이나 치치하얼까지 가는 철도의 궤도를 이탈시켜 일본군의 병력 배치나 군수품 공급을 방해하였다. 또 전화선을 절단하여 통신을 교란하고 우체국이나 군용차를 습격하였다.

이러한 항일투쟁은 동변도 조선족 동포들의 반일정서를 크게 북돋았다.

3) 최후

밀정 박창해는 일제의 동변도 유격대 특무대장이라는 신분을 철저히 감추고 환인현, 흥경현 왕청문진 등에 살면서 양세봉의 근거지를 알아냈다. 그리고 산과유수촌 대지주 왕밍판[王明藩]을 매수하여 양세봉에게 보냈다. 왕밍판은 무장투쟁 중단과 귀순 투항을 매번 권고하였으나 양세봉은 그것을 들을 사람이 아니었다. 심지어 왕밍판이 올 때마다 최윤구 등 부하들을 배석시켜 스스로 무색하게 만들었다.

박창해는 본명이 '한의제'로 '참의부'에 몸담았다가 변절하였다. 박창해는 왕밍판을 시켜 산림대 우두머리 아동양(亞東洋)을 양세봉에게 투항시키는 술책을 썼다. 아동양은 과거 항일투쟁 시 양세봉과 몇 차례 만난 적 있었다. 그 인연으로 산채에 무기나 식량이 부족하면 양세봉에게 부탁하곤 하였다.

조선총독부에서 파견된 후쿠시마가 양세봉을 살해할 모든 계략을 세웠다. 후쿠시마는 항일 세력들의 연합이라는 양세봉의 전략을 잘 알고 있는 만큼 그것을 이용하여 양세봉을 해칠 계획이었다. 당시 양세봉의 현상금이 2만 원이었으니, 양세봉을 제거하는 계획이 성공하면 밀정 박창해는 최소한 2만 원에 버금가는 돈을 받을 것이다. 양세봉이 피살되고 나서 그는 독립군의 끈질긴 추격을 받고 결국 1936년 초에 잡혀 처단되었다.

당시 만주는 밀정의 천국이었다. 관동군 밀정, 친일단체 밀정, 일본 외무성 확인을 거쳐 조선총독부에서 파견된 밀정, 그들은 돈에 혈안이 되어 침략자에게 지조를 팔고 동료를 배신하였으며 독립군 조직을 파괴하였다. 당시 은행 직원이나 면서기 봉급이 약 30원인데 반해 밀정은 보통 90원에서 120원 정도 받았으니 보통 사람들의 약 서너 배 이상 받은 셈이다.

모든 밀정이 고정 월급을 받은 것은 아니었다. 그들은 규모가 커다란 독립운동을 좌절시키거나 독립운동 지도자를 체포할 때는 만원 이상을 받았다. 그리고 마을 수색작전 때는 그 마을이나 인근에 사는 사람을 썼다. 조선인 마을을 수색할 때 쓰는 통역 때문이었다. 그 때는 일당으로 한 사람 당 5원씩 주었다. 숨겨진 물건이나 밀수품이 발견되면 그것은 수색한 군대가 아닌 발견한 사람의 차지였다. 따라서 일본군이 출동하는 곳이면 통역들이 더욱 설쳤다.

1934년 9월 19일 아동양이 양세봉이 주둔하고 있는 환인현 향수하자촌 북전자툰에 왔다. 그리고 왜군의 토벌이 너무 심하여 산림대 생활을 그만두고 양세봉 부대에 넘어오고 싶다고 하였다. 백여 명의 인원과 무기를 양 사령관이 부대로 직접 와서 받아 주었으면 한다는 뜻을 전하였다. 회의를 하느라 바쁜 양세봉은 지금 당장 움직일 수 없다고 하였다. 아동양은 자신이 양세봉 부대와 연합하면 몇몇 대원들이 반대하여 도망칠 것 같아 지금 바로 가야 무기와 대원들을 그대로 인수할 수 있다고 하였다.

한편 일본 헌병대와 보병부대는 길목의 옥수수 밭에 숨어서 양세봉을 기다렸다. 양세봉은 항일연합을 하겠다는 아동양의 말을 믿고 그 날 밤 최윤구, 김두칠, 정광배, 장명도 등 대원 20여 명과 삼과유수촌 아동양의 본채까지 다녀오기로 하였다. 아동양이 길을 안내하고 일행이 소황구에 도착하였다. 이때 검은 구름이 달빛을 가렸다. 그렇지 않아도 잘 보이지 않던 산자락 길이 더욱 희미해지는데 아동양이 계속 앞으로 걸어갔다. 양세봉이 최윤구에게 '오늘밤은 그래 좀 이상하오, 조심해야겠오.'라고 말하자 최윤구는 장명도에게 그리고 장명도는 전 대원들에게 조심하라고 일렀다.

앞장선 아동양이 갑자기 사라지고 보이지 않았다. 양세봉은 즉시 휘파람을 불며 소리쳤다. '멈추시오!' 이때 아동양이 사라진 수수밭에서 "소변을 봅니다!" 하고 큰 소리로 대답하였다. 그 소리가 신호였는지 동시에 두 발의 총성이 연이어 울렸다.

변절한 아동양이 수수밭에서 양세봉을 겨냥하고 쏘았다. 또 한 발은 왕밍판이 양세봉의 등 뒤에서 쏘았다. 양세봉은 천천히 쓰러졌다. 동시에 매복하고 있었던 일본군의 총소리가 일제히 터졌다. 그들은 수수밭 고랑에 엎드려서 양세봉 일행을 기다렸던 것이다. 이에 독립군 경위대원들의 응사 그리고 치열한 총격전이 육박전으로 이어졌다.

"총사령이 총탄에 맞으셨다. 아동양, 왕밍판 이놈들을 끝까지 잡아라!"

최윤구의 분노에 찬 목소리가 어둠을 찢었다.

"왜놈들을 모조리 죽여라. 비겁한 놈들. 뒤쫓아라. 한 놈도 남김없이 다 죽여라!"

양세봉 장군 순국 장소(사진=독립기념관)

　장명도가 소리쳤다. 그는 울면서 아동양과 왕밍판을 수색하였지
만 끝없이 펼쳐진 수수밭에서 그들을 찾아낼 길이 없었다.

　장명도는 수수밭에서 돌아와 눈물을 닦을 생각도 하지 않은 채
쓰러진 양세봉의 상처를 살피고 김두칠, 정광배와 함께 들것을 만
들었다. 그리고 부상당한 양세봉을 향수하자 강변의 조선인 집으
로 옮겼다.

　첫 번째 총탄은 양세봉의 가슴을 뚫고 지나가고 두 번째는 복부
관통상으로 총알 파편이 배 속에 있었으나 소식을 듣고 달려온 군
의관조차 손을 쓸 수 없는 치명상이었다. 바람소리가 차가워지고
있었다. 날이 어두워지면서 바람소리는 슬픈 울음소리와 괴로운 신

朝鲜革命军梁瑞凤被杀说
（1934年9月21日东亚日报）

鲜党首魁梁瑞凤就残矣
（1934年9月21日盛京日报）

梁瑞凤的首级被移送到某某方面
（1934年9月28日东亚日报）

国民府员梁世奉等重大阴谋和计划
（东亚日报1932年1月26日）

양세봉 전사 소식을 보도한 신문기사

음소리를 대신하였다.

양세봉은 그동안 전투에서 죽어간 대원들 얼굴이 하나하나 떠올랐다. 가슴이 먹먹해졌다. 그들은 하나같이 좋은 부하들이며 모두 용맹하였다. 신식무기로 무장한 적에 맞서 두려움을 모르고 싸우다가 죽어갔다. 누가 강제로 시킨 것도 아니었고 무슨 보상이 있는 것도 아니었다.

그들은 누구였는가. 바로 남부여대하여 살길을 찾아 국경을 넘은 우리 동포들, 나라가 위기에 처하자 스스로 군자금을 내고 독립군에 지원 요청을 하던 맑고 순진한 눈망울을 가진 동포들이었다. 그들에 비해 임금은 무엇이고, 조정의 대신들은 또 무엇이었는가. 그들은 나라를 팔아먹는데 일조를 하지 않았는가. 독립군들의 순수한 마음 앞에 양세봉은 미안한 마음뿐이었다. 계절에 맞는 옷이나 변변한 무기도 없이 왜적과 맞서 싸우다가 죽어간 부하들, 그리고 그들을 뒤에서 도운 수많은 동포들의 피와 땀은 이 땅을 적시건만 아직 나라는 독립을 이루지 못했다.

"나, 양세봉은 동변도의 동포들에게 큰 빚을 지었다!"

양세봉은 한탄했다. 그리고 나이 열둘에 세상을 떠난 귀녀가 떠올랐다. 젖먹이였을 때 그리고 천마산에서 내려왔을 때 그 아이는 자신을 보고 감히 아빠라고 부르지 못하였다. 그러나 왜 죽은 열두 살 때 모습이 아닌 일곱 살 때 모습만 떠오르는 것일까. 세월의 탓일 것이다. 그리고 그 옆에 아내의 옆얼굴과 어머니 모습이 떠올랐다. 그리고 자신을 도운 독립군 시봉과 동생들의 얼굴이 떠올랐다.

새벽에 가까스로 눈을 뜬 양세봉은 곁을 지키고 있던 대원들에게 최후의 유언을 남겼다.

"나는 더 이상 살 것 같지가 않소. 조선의 독립 자유를 완성하기 위하여, 조선 민족의 자유 행복을 도모하기 위하여, 최후 성공이 있을 때까지 왜적과 계속 투쟁하시오. 조선독립만세! 조선혁명성공 만세! 일본제국주의 박멸!"

또 남만의 동포들에게도 유언을 남기고 눈을 감았다.

"조선독립혁명을 완수하지 못하고 적에게 속아 죽고 마는 나는 민족의 죄인이오."

양세봉이 숨을 거두자 대원들은 그의 시신을 사도구로 옮겨 입관시키고 흑구산성 부근 김도선 집에서 7일장을 치렀다. 그리고 쌍립자 한인 마을 뒷산 흑구산성 아래 삼성자에 남들이 알아보지 못하도록 평장으로 묻었다.

그러나 이튿날 일본 통화영사관 분관 경찰과 헌병들이 마을 사람들에게 총을 들이대고 양세봉의 시신을 파내어 목을 작두로 잘라가는 만행을 저질렀다. 더구나 장례를 치렀던 김도선은 목을 자르라는 일군의 명령에 대해 "우리 민족 영웅의 목을 나는 절대로 자를 수 없다"고 하여 총살당하였다.

장례식장으로 썼던 집 식구들도 말할 수 없는 혹형을 당하였다. 일군은 잘라간 양세봉 머리를 통화 시내나 산성진에 내거는 야만적이고 잔혹한 일을 저질렀다. 김도선 처 이씨는 나중에 '조선혁명군' 대원들이 집을 새로 지어주었으나 그것마저도 일군들이 집단 부락

정책으로 불살라버렸다.

양세봉이 희생되었다는 비통한 소식이 전해지자 동변도 조선인들은 한없는 슬픔에 잠겼다. 대성통곡하는 이도 있었다. 당시 국내에서 〈동아일보〉와 중국에서 발간되는 〈성경시보〉에 실린 양세봉 사망에 대한 기사이다.

… 동변도 일대에 근거를 두고 활동하는 조선혁명군 수령 양서봉이 18일 밤(19일 오역인 듯 - 저자 주)에 사살되었다는 설이 있다. …

… 동변도 일대에서 신념을 무기로 만(滿) 일(日) 두 나라 군대에 집요하게 저항하고 제멋대로 폭행을 하고 있던 조선혁명군 괴수 양세봉이 9월 18일(19일의 오보인 듯 - 저자 주) 오후 9시에 환인현 제4구 소황구에서 총살당하였다. 암살거수의 주모자는 봉천협화회원 박창해이다. 박씨는 모 처에서 내린 밀령을 접수한 후 동변도의 산속에서 밤과 낮을 이어가면서 결사적으로 수 개월을 있어 가면서 동정을 살피고 있다가 9월 12일에 통화현 일대 유력한 비적두목 모모를 회유하는데 성공하였다. 그에게 우리 측의 암살 의도를 전달하고 나서 다시 우리 측 사령을 만나 18일 날(19일의 오보인 듯 -저자 주) 양세봉이 있는 곳으로 가서 재차 양세봉을 회유하였다. 다른 한 방면으로는 일본 수비대, 헌병대, 위만주국 각 기관이 양세봉을 제거하는데 협조 및 서로 밀접히 연락을 취하였기에 이번 일이 성공하였다고 여겨진다.

한편 양세봉의 순국 소식을 듣고 그의 오랜 친구 왕동헌은 다음과 같이 '조선혁명군'과 양세봉에 대해 안타까운 심정을 토로하였다.

슬프다! 산하는 그대로 있건만 인사는 기대에 어긋났다. 양세봉, 양하산 두 장군은 전후(前後)에서 졸망하고 김학규 대표는 관내로 들어갔구나.

　또 하와이 〈신한민보〉에는 양세봉의 죽음에 다음과 같은 기사로 애도하였다.

　　… 아, 슬프다 동지여! 동지는 구국 구민의 대지를 품고 독립운동에 몸을 바친 이래 십여 년간 긴 세월을 하루같이 만주에서 적과 고투를 하여 오다가 불행히 적의 간계에 빠져 복부 및 견흉부에 두 발의 적탄으로 치명적 중상을 당하였다. 동지는 치료를 받았으나 복부에 남아 있는 총알은 빼낼 도리가 없었다.
　　… 동지의 육신은 비록 이 세상을 떠났으나 동지의 정신은 영원히 죽지 아니 하리라. 동지가 마지막으로 우리에게 남겨준 유언은 '조선혁명군'과 독립운동가의 정신에 영원히 흔적을 남길 것이다. 동지의 70이 넘은 모친, 스물아홉의 미망인, 세 명의 동생, 아직 강보에 싸인 아이들 모두에게 신의 가호가 있기를 빈다.

'한국광복군'에 맥락이 닿아 있는
양세봉의 '조선혁명군'

윤재순은 평안북도 용천군 외상면 동석동(당시) 출신으로 1988년 5월 4일 만83세를 일기로 세상을 떴다. 그리고 평양 근교 애국열사릉에 잠들어 있는 양세봉 장군 곁에 합장되었다.

그녀 또한 다른 독립운동가 집안과 마찬가지로 파란만장한 인생을 보냈다. 남편 양세봉과는 신혼은커녕 그가 독립군 활동을 하느라고 거의 함께 있지 못하였고 나이 스물아홉에 영영 이별하지 않으면 안 되었다.

1932년 태어난 외아들 양의준은 만경대학원을 졸업하고 인민군 비행사를 지냈는데 1957년 사고로 먼저 숨졌다. 그는 세상에 태어나서 청원공략전을 앞에 두고 포대기에 싸인 채 아버지의 품에 안겨 한 번 보았을 뿐이다.

윤재순은 양의준이 남긴 혈육 그러니까 하나 있는 손자를 의지하며 인생을 보냈다.

손자 양철수는 1956년 2월 10일 평안북도 구성군 운양리에서 태어났다. 어려서 소아마비를 앓은 그는 그 후유증으로 몸이 불편하지만 김일성종합대학을 나와 김봉련과 결혼, 그들 사이에 2남 1녀

양세봉 묘지: 양세봉 장군의 묘지는 동작동 국립현충원 애국지사 묘역과 평양의 애국열사릉에 각각 모셔져 있다

를 두었다. 양철수는 북한 작가협회 회원이다.

양세봉 유해는 1961년 양세봉의 둘째딸 양의숙이 조선으로 이장하여 1986년 평양 애국열사릉에 안장하였다.

대한민국은 1962년 양세봉에게 건국훈장 독립장을 추서하고 1974년 서울 동작동 국립현충원 애국지사 묘역에 가묘를 조성하였다. 남과 북 국립묘지에 안장된 유일한 케이스였다.

그리고 양세봉 석상이 1995년 8월 29일 요녕성 신빈현 왕청문진 화흥중학 내에 중국정부에 의해 세워졌고 2009년 지금의 위치인 왕청문 강남촌으로 이전되었다.

그러고 보면 양세봉은 한국과 북한 그리고 중국 이렇게 동북아시아 3개국에 묘소와 비석 그리고 사적지를 모두 갖고 있는 독립지사가 된다. 현재 중국에서는 그의 석상이 애국열사 탐방기지로 활용되고 있다.

양세봉이 공산주의를 용납하고 자기가 죽은 다음에 김일성을 찾아가라고 했다는 말은 김일성의 대표적 거짓말이다. 해방 후, 김일성은 그의 요청대로 북에 간 양세봉의 가족들을 무기로 '조선혁명군'을 자기 부대로 둔갑시키기 위하여 온힘을 다하였다. 하지만 '조선혁명군'은 역사적 사실인 만큼 김일성은 씻을 수 없는 부담을 갖게 되었다.

첫째 자기가 한 거짓말을 진실로 둔갑시키기 위하여 죽을 때까지 없는 사실을 계속 만들어내야만 하였다.

둘째, 솔방울이 수류탄으로 바뀌는 웃기지 못하는 자기 전공(戰功)에 대한 과장과 미화, 그리고 공산주의에 대한 허상이다. 훗날 김일성은 "나는 양세봉과의 대화를 통해 만주 지방에서 공산주의 기성세대가 범한 과오가 얼마나 막대했는지를 깨달았다"고 토로했다. 김일성을 국내외에 독립투사로 널리 알린 1937년 '보천보전투'도 영릉가를 무대로 삼았던 양세봉의 무장투쟁과는 비교가 되지 않는다.

혹자는 '경신대참변' 그리고 '자유시참변'을 계기로 독립군의 명맥이 끊어졌다고 하나 사실은 그렇지 않다.

1920년 '봉오동전투', '청산리전투' 그리고 일제가 그에 대한 앙갚음으로 '경신대참변'을 일으켰고, 그리고 이듬해 '자유시참변'이 일어났다. 그 뒤 만주에서 '통의부', '참의부'가 그리고 '정의부'가 만들어졌다. 이때부터 3부 결성이 시작되어 항일운동은 좀 더 조직적이고 체계적인 모습을 띠게 되었다.

1929년 무장 항일투쟁을 언명한 '국민부'가 결성되고 산하에 '조선혁명군'이 결성, 10개 대로 나뉘어 주둔하였다. 무력투쟁을 선포한 '조선혁명군'의 양세봉은 동변도 지역의 유일한 무장 항일투쟁의 기수로서 봉오동 그리고 청산리전투의 맥을 잇는 독립군이었다.

그리고 또 하나 유인석으로부터 시작된 구한말 의병의 전통이다. 서간도로 망명한 유인석의 전통은 이진룡 장군에 의해 이루어졌다. 장군이 1917년까지 활동하였고 그 뒤 양세봉이 나섰으니 독립군의 명맥은 계속되었다. 그러니까 그는 1920, 30년대 무장투쟁의 깃발을 높이 올린 그 시대의 기수였다.

양세봉은 9·18사변 전에는 3부 산하의 민족주의 계열 독립군으로서, 그 뒤에는 '조선혁명군' 총사령관으로 중국의용군 또는 장개석의 자위군과 연합항일, 나아가 중국공산당 양정우의 '동북인민혁명군'과 연합작전을 전개하였다.

그는 시류의 흐름을 이해하고 항일투쟁의 맥을 이으며 항일 구국에 목숨 바쳐 싸워 온 사람이었다. 만주에서 김좌진 장군이 살해되고 홍범도 장군의 독립군 세력이 숨을 죽이고 지낼 무렵 양세봉 장군은 그들의 공백기를 메우고 친일파를 처단하며 무장투쟁에 앞장섰다.

또 시대에 맞는 항일운동을 계획하고 동포들의 지위 향상에도 일조하였다. 그는 민족정신에 충만한 동포들에게 한 줄기 희망이었다.

1934년 양세봉이 전사하자 '조선혁명군'은 독립군의 스러져가는 명맥을 잇기 위해 '국민부'를 해체하고 '조선혁명군'과 당을 통합하여 '조선혁명군 정부'를 조직하였다. 독립운동의 기반이 흔들렸지만 일제의 회유와 탄압 토벌에 굴복하지 않고 조직을 개편하여서라도 무장 항일투쟁에 전념하겠다는 의사표시였다.

양세봉은 중국공산당의 '동북인민혁명군'과도 손을 맞잡고 항일운동을 전개하였다. 양세봉은 공산당 활동에 적대적이었으나 항일을 위해서는 신념도 양보했다.

이러한 '조선혁명군' 전통은 최윤구가 '동북항일연군'에 편입하고, 1938년 10월 우한에서 창립된 '조선의용대'와도 맥이 닿아 있다. 한쪽은 중국공산당, 다른 한쪽은 중국 국민당과 연합하여 항일운동을 지속하였다.

사실 중국 관내 '황포군관학교'와 김원봉이 설립한 '조선혁명군사정치간부학교'는 '조선혁명군'과 밀접한 관계를 갖고 있다고 추정된다. 한검추와 윤일파가 '황포군관학교' 출신이었고 '조선혁명군'에서 소대장을 맡은 안세웅, 유세영 그리고 변창유 모두 '조선혁명군사정치간부학교' 2기생이었다. 같은 시기 같은 학교를 졸업한 시인 이육사와도 맥이 닿아 있으리라 확증은 없지만 조심스럽게 추론하여 본다.

1938년 10월 우한(무한)에서 설립된 조선의용대와의 관계도 마찬가지이다. 앞으로 이에 대한 심층적 연구가 진행되었으면 한다.

1934년 9월 양세봉이 죽은 다음 '조선혁명군'은 급격히 세력이

한검추의 묘지와 묘비명.
그는 최석용이라는 이름으로 동작동 국립묘지
(제1장군묘역-60)에 잠들어 있다.

위축되었다. 김활석이 총사령으로 취임하였으나 스러져가는 독립군의 명맥을 유지할 길이 없었다. 그는 100여 명의 남은 병사를 이끌고 투쟁했으나 1938년 9월 6일 제7단장 정광호와 함께 항복하였다. 설상가상으로 '조선혁명당'의 고이허가 일군에게 생포되고 1937년 처형되었다. 또 1937년 5월 21일 '조선혁명군 정부' 총령 김동산(대한제국 무관 출신)도 투항하였다.

한검추(본명 최석용, 최주봉)는 교육부장 윤일파(윤명호, 황포군관학교 출신)와 함께 1937년 대원들 70여 명을 거느리고 환인현에서 일본군에 투항하였다. 한검추는 1937년 변절과 동시에 항일무장 대오를 파괴하는데 앞장섰다. 그는 그의 동료이자 전우였던 최윤구를 전사하게 만들었고 '동북항일연군' 양정우의 전사에도 톡톡히 한몫하였다. 나중의 일이지만 그는 정부 수립 후 최석용으로

223

소류하자 야습전(夜襲戰) 전적비와 최윤구 추모비(중국 길림성 화전시).

개명을 하고 국방경비대를 나와 제주 4·3항쟁 때 진압군의 일원이
되었다.

한편 일제는 밀정 이종락을 이용하여 '조선혁명군'의 내부 와해
를 기도하였다. 혁명군과 함께 '중한항일동맹회'를 결성하였던 왕
봉각은 1937년 통화현에서 교전 중 살해되었고 한족 간부 장부오
역시 환인현에서 전사하였다. '조선혁명군' 3방면군 사령 장명도는
1937년 환인현에서 일군과 교전 중 희생되었다. 이밖에 많은 혁명
군 장병들이 남경으로 가서 '조선의용대'에 참가하였다.[9]

마지막 '혁명군'인 최윤구는 1935년 9월 왕봉각과 함께 '중한항

---

9) 아직 발견된 확증은 없다. 앞으로 연구할 재료로 남겨두기로 한다.

소련으로 피신한 '동북항일연군'. 앞줄 오른쪽 둘째가 김일성

일동맹회'를 결성하고 참모장이 되었다. 그리고 1938년 2월 공산당 계열의 '동북항일연군'에 박대호와 함께 정식으로 가입하였다. 항일 무장투쟁을 위해서였다. 하지만 최윤구는 1938년 12월 길림성 화전현 홍석랍자 류수하자에서 전사하였다.

중국에 건너와서 항일투쟁에 몸담았던 14년, 그의 인생은 곧 양세봉의 그것이었다. '조선혁명군', 아니 만주에서 독립군 명맥은 1938년 12월까지는 존재하였다. 최윤구의 전사로 10여 년에 걸친 '조선혁명군'의 활약은 끝을 맺는다.

마지막 '조선혁명군' 병사로서 그가 모든 진실을 가지고 있다. 그 뒤 김일성의 공산유격대가 있었다고 하나 전쟁을 좌지우지할 만큼 큰 것은 아니었다. 김일성은 최윤구 전사 후 일 년 뒤 소련으로 피신하였다.

전술하였으나 양세봉 사후 '조선혁명군' 주요 간부들의 움직임을 적어본다.

＊ 변절
김두칠 : 국민부 공안부 위원장. 1937년 변절

윤일파 : 제1지휘부 총지휘. 1937년 4월 변절.

한검추 : 제1중대 중대장. 1937년 4월 대원 70여 명을 이끌고 일본군에 투항. 해방 후 제주 4·3항쟁 진압에 참가. 본명 최석용 또는 최주봉.

김동산 : 국민부 중앙집행위원장. 1937년 변절.

김활석 : '조선혁명군' 압록강특위 마지막 책임자. 1938년 일경에 생포 및 항복.

한편 '조선혁명당' 대표로서 1935년 남경에 간 김학규는 '조선혁명군'과 '조선의용대', '광복군'과 연결고리를 만들었다. 김학규는 임시정부 요인들과 '광복진선' 또는 '광복군' 설립에 기여하였다. 그의 부인 오광심도 독립운동 일선에서 싸웠다.

1935년 1월 일본군이 밀정 정재명과 '조선혁명군 정부'가 회의하는 집을 급습, 고이허를 비롯하여 많은 수의 고위 간부들이 위험에 처했으나 오광심의 기지로 살아날 수 있었다. '조선혁명군 정부', 나아가서 '민족혁명당 만주지부' 조직을 보호할 수 있었던 것이다.

'조선혁명군'도 김학규가 이야기한 대로 '민족혁명당'의 당군(黨

軍)이다. 그는 유동열, 최동오와 함께 '조선혁명당' 대표로 '민족혁명당'이 발족하는 데 참가하였다. 김원봉을 중심으로 한 조직이지만 항일투쟁의 대동단결 집합체인 '민족혁명당'은 1937년 12월 '조선민족전선연맹'으로 발전하고, 그 이듬해 1938년 10월 우한에서 최초의 무장단체인 '조선의용대'를 결성하였다.

김구와 김원봉은 1939년 5월 '동지 동포 제군에게 보내는 공개통신'을 통하여 좌우 진영을 하나로 합치고 김원봉은 마침내 의용군 본부 병력을 빼내 '광복군'에 합류한다. 따라서 지청천을 총사령으로 하고 이범석을 참모장으로 하는 '광복군'의 위용이 갖추어지게 되었다.

나중에 '조선의용대'는 협서성 연안(延安)으로 가서 한글학자 김두봉과 무정의 지휘 하에 무장 세력 '조선의용군'으로 성장하였다.

김학규는 1935년 남경에서 양세봉의 사망 소식을 들었다. 그러나 그는 동변도로 돌아가지 않고 낙양의 군사학교 분교인 여산 특별훈련반에서 일 년 남짓 군사학을 배웠다. 그는 '광복군' 제3지대장이 되어 최전선인 안휘성 푸양(阜陽)에서 활약하였다. 그리고 장사, 광저우, 류우조우 그리고 중경에서 '조선혁명당'의 재건을 위하여 분주히 노력하였다.

김학규가 맡은 '광복군' 제3지대는 주로 초모공작, 정보수집, 대일 선전 등 지하공작 활동을 하는 부대였다. 많은 학도병들이 일본군을 탈출하여 안휘성 부양(阜陽), 중경 임시정부로 왔다. 1944년부터 약 이백 명이 넘는 인원이 탈출하여 왔으니 '광복군' 전체에서

한국광복군 제3지대 창설기념(1945년 6월, 사진=독립기념관)

초모한 인원의 절반을 넘는 숫자이다.

또 김학규는 1943년 '한국광복군훈련단'을 만들어 1기생 50여 명을 중경 '광복군' 청사로 보냈다. 그 중 일부는 '광복군' 제2지대장 이범석 장군이 지휘하는 훈련반에서 미국식 교육을 받도록 하였다. 그리고 김학규는 미국 OSS와 함께 국내 진공작전을 추진하였다.

이렇게 국내 진공작전을 도모하던 중 일제가 항복하자 3만여 명의 동포를 안전하게 귀국시키는 데 힘썼다.

그 뒤 '한국독립당' 만주부위원장에 취임, 남은 동포들을 귀국시키고 1948년 4월에야 조국 땅을 밟았다. 그는 만주에 반공세력을 형성, 만주가 '민주기지'가 되면 북한 정권은 저절로 없어진다고 생각하였다. 그러나 해방조국에 돌아온 김학규는 이승만 정권에 항거하다 1949년 6월 백범 김구 암살에 관련되었다는 누명을 쓰고 징역 15년 형을 받았다. 1960년에 '한국독립당'을 재건하여 최고위원이 되었으며 1967년 9월 서거하였다.

행정조직 '국민부'에 '조선혁명군'이라는 무장 세력이 존재하듯이 임시정부에도 '한국광복군'이라는 무력 조직이 필요하였다. 무엇보다도 양세봉의 '조선혁명군'이 훗날 '민족혁명당' '조선민족전선연맹'을 거쳐 1938년 우한에서 조직한 '조선의용대'와 1940년 중경에서 설립한 '한국광복군'에 맥락이 닿아 있음을 우리는 부정할 수 없다.

참고로 당시 하얼빈을 중심으로 한 북만의 '동북항일연군' 제3로군에 허형식이라는 군장이 있었다. 그는 '이희산'이라는 가명으로 활약하였다. 허형식은 소련으로 넘어가 먼저 신변의 안전을 도모하고 후일을 기약하자는 권유가 있었지만 끝까지 거부하고 일본군과 싸우기 위해 중국에 남았다. 소련 측에서 그의 자리를 공석으로 두고 기다렸으나 1940년 8월 전사하였다. 소련에서는 3사의 사장 자리를 공석으로 남겨두고 그를 기다렸으나 허형식은 그 자리를 거부하고 중국에서 무장투쟁을 이어 나갔다. 당시 1사의 사장은 김일성이었다.

헤이룽장성 이란현을 중심으로 한 쌍성보와 경박호 부근에는

'한국독립당'의 지청천을 중심으로 1931년 창립된 '한국독립군'이 있었다. '한국독립군'은 동변도 북쪽에서 항일 무장투쟁을 하였다. 1932년 쌍성보전투, 1933년 동경성전투, 그리고 항일 무장투쟁 3대 대첩으로 불리는 대전자령전투 등이 그것이다. 그러나 사령관 지청천이 새로 건립된 낙양군관학교 특별반 책임자로 임명되어 양세봉이 죽기 전 주요 간부와 대원들과 함께 북경을 거쳐 중국 국내로 이동하였다.

지청천은 호가 백산이다. 일본 육군사관학교를 졸업한 그는 현역 군인의 몸으로 탈출하였다. 조선인에게는 희망이었으나 일본인에게는 눈엣가시요, 잡히면 총살이었다.

본명이 지대형인 지청천은 '이청천'이라고 불렀다. 그는 일본군에 잡혀 죽는 것은 두렵지 않으나 뜻한 바를 이루지 못하고 죽는 것은 너무 헛된 일이니 잡히지 않기 위해서라도 이름을 바꾸어야겠다고 생각하였다. 그때 마침 푸른 하늘을 보고 하늘의 공명정대, 공평무사함을 생각하고는 이름을 청천으로 고치기로 하고, 성도 지씨는 흔치 않아 남의 눈에 띄기 쉬우므로 어머니 성을 따라 이씨로 바꾸었다.(지복영. 『역사의 수레바퀴를 끌고 밀며』. 문학과 지성사. 1995. 40쪽)

안타까운 것은 김학규가 '조선혁명당' 대표로 중국 관내에 파견되었는데 그 뒤로 양세봉이 죽고 다시금 '조선혁명당' 고이허의 체포와 죽음, 그리고 김학규조차 낙양으로 가서 임시정부와 연락의 맥이 끊어진 점이다.

두 번째는 1936년 하루하전투에서 긴박한 상황에서 보존하였던 '조선혁명군' 관련 문서를 모두 태워 없애버린 점이다.

마지막으로 1934년 이회영 선생과의 만남이 수포로 돌아간 점이다. 그는 만주야말로 조국 독립의 전초기지로 군사 역량을 가지고 만주를 거쳐 한반도로 진격할 생각이었다.

때로는 성공하고 때로는 실패하면서 조상들은 이 땅을 지키고 민족을 지켰다. 남북으로 갈라진 미완의 해방이지만, 그 끝을 붙잡고 완성을 향해 나아가는 일은 우리 후손들의 몫이 될 것이다.

부록

양세봉 연보

양세봉 연보

1894년   음력 6월 11일 평안북도 철산군 세리면에서 4남 1녀 중
          장남으로 태어남
1912년   부친 별세
1916년   윤재순과 결혼
1917년   중국 요녕성 흥경현으로 가족과 함께 이사
1919년   흥경현 홍묘자로 이사, 홍묘자 3·1운동에 참가
1920년   장녀 귀녀 출생
1922년   정창하 독립단, 천마산 독립단에 참가
1923년   천마산대와 함께 유하현으로 이동하여 광복군총영에
          합류함
          광복군총영 검사관, 참의부 소대장 임명됨
1924년   참의부 부대를 이끌고 평북 강계·위원에서 일경과 교
          전, 왕동헌 만남
1925년   정의부 의용군 제5중대 제1소대장 임명됨
1926년   정의부 의용군 제2중대장으로 군민대표, 정의부 제1중
          대장 임명됨
1927년   길림에서 안창호 경호
1928년   차녀 의숙 출생

1929년   국민부 제3중대장 임명됨, 친일단체 선민부 습격함, 조
　　　　 선혁명군 부사령 임명됨

1931년   국민부 주요 간부 체포됨(흥경사건),

1932년   장녀 귀녀 죽음, 조선혁명군 총사령관 취임, 왕동헌과
　　　　 연합하여 요녕농민자위단 조직, 영릉가 점령

　　　　 탕쥐우 요녕민중자위군 6로군과 연합 80여 차례 전투

　　　　 장남 의준 출생

　　　　 김성주와 만남(훗날 김일성)

1933년   요녕농민자위군 붕괴, 조선혁명군 이름 회복

1934년   참모장 김학규 남경 밀파, 양정우 동북인민혁명군과 연
　　　　 합투쟁 협의

　　　　 일제 주구에 의해 죽음(9월 20일)

1946년   처 윤재순과 아들 양의준 평양으로 이주

1961년   유해를 평양 근교에 안장함

1962년   대한민국에서 건국훈장 독립장 추서

1974년   서울 국립묘지(국립현충원)에 가묘 설치

1986년   북한 평양 신미리 애국열사릉에 묘 안치함

양세봉 가족사진: 뒷줄 왼쪽 양세봉 딸 양의숙, 사위, 양세봉 아들 양의준
앞줄 아기 안고 있는 이가 양세봉 아내 윤재순(1948년)

양세봉 4형제 중 셋째 양시봉

양세봉 모친 김아계 여사와 제수 김화순(1930년대 중반)

양세봉 4형제 중 막내 양정봉

북한의 양세봉 가족사진

양세봉 모친

양세봉 처 윤재순

양세봉 딸 양의숙

양의숙 남편

양세봉 아들 양의준

양세봉 손자 양철수

양시봉 회갑연-윤재순이 차려주었다.(1963년)

238

抗日名將梁瑞鳳

1896715—1934920

조선혁명군 총사령관

양세봉

펴낸날 2023년 12월 30일

지은이 김   유
펴낸이 이순옥
펴낸곳 도서출판 문화의힘
등록 364-0000117
주소 대전광역시 동구 대전천북로 30-2(1층)
전화 042-633-6537
전송 0505-489-6537

ISBN 979-11-984312-8-8
© 김유 2023
저자와 협의로 인지는 생략합니다.
*잘못된 책은 구입처에서 교환해드립니다.

|값 16,000원|